해 뜨는 나라의
공장

HI IZURU KUNI NO KOJO
by Haruki Murakami

해 뜨는 나라의
공장

무라카미 하루키 지음 | 안자이 미즈마루 그림
김난주 옮김

문학동네

일러두기

1. 주석은 모두 옮긴이주입니다.
2. 본문 중 방점은 원서의 표시에 따른 것입니다.

차례

서문

무라카미 하루키

내가 초등학생이던 무렵(즉 1950년대 후반인 셈인데) 사회 수업 시간에 몇 번 공장 견학을 간 적이 있다. 그중 가장 인상 깊게 남아 있는 곳은 롯데 오렌지 껌이라는 골프공 정도 크기의 동그란 추잉껌을 만드는 공장으로, 벌써 삼십여 년 전 일인데도 아직까지 또렷하게 기억하고 있다. 동그란 오렌지색 껌이 기계에서 몇천 개고 몇만 개고 굴러나와 컨베이어벨트를 타고 운반되어 하나하나 셀로판지에 싸여 상자 안에 차곡차곡 쌓여가는 광경은 일고여덟 살 난 어린아이의 눈에 상당히 판타스틱한 것이었다. 애초에 그렇게나 많은 양의 오렌지 껌이 이 세상에 존재한다는 사실부터가 몹시 경이로웠다.

누구나 아마 그런 경험이 한두 번쯤 있으리라고 생각한다. 시험 삼아 주변 사람 몇몇에게 물어보았더니, 역시 다들 그런 공장에 다녀온 기억을 갖고 있었다. 어떤 사람은 '메이지 사이코로 캐러멜' 공장을, 어떤 사람은 '모리나가 밀크캐러멜' 공장을 기억하고 있었다. 특히 과자 공장에 대해선 다들 꽤 선명하게 기억하고 있어서, 얘기를 듣다보니 어린 시절의 공장 견학은 거의 '통과의례'라고 해도 무방하지 않을까 싶을 정도였다.

1950년대 후반은 한국전쟁이 끝나고 일본 경제의 부흥을 외치는 망치 소리가 전국적으로 울려퍼지던 시대라서, 당연히 '공장'이란 말에도 오로지 희망찬 미래를 향하여 전진한다는 뉘앙스가 있었다. 영화 〈큐폴라가 있는 거리〉까지는 아니지만 '우리는 열심히 하고 있다!'란 순수하게 긍정적인 자세가 있었다. 물론 그런 경향은 지금도 존재하나, 당시에는 전국민의 의식에 그런 뉘앙스와 자세가 있었던 게 아닐까 생각한다. 공해와 소음 같은 것도 지금만큼 문제시되지 않았고, 뭉글뭉글 검은 연기를 뿜어내는 굴뚝은 경제 부흥의 강력한 상징이었다. 그렇기 때문에 우리는 공장으로 견학을 가서 자동화(정겨운 말이군요, 어쩐지)된 생산라인을 보면서 '와, 굉장하다' 하고 단순히 감탄했던 것이다.

그 이후—어쩌면 공장 견학과 관계없이 그저 개인적 성향인지도 모르겠지만—나는 속으로 공장에 매료되는 은밀한 감정을 품게 되었다. 그 이미지는 어떤 경우에는 명확한 형태를 지닌 개체(예를 들면 코끼리)를 만들어내는 구체적인 공장(코끼리 공장)이며, 또다른 경우에는 형이상학적인 것을 만들어내는 형이상 공장이기도 했다. 그런 여러 공장을, 나는 가끔 아주 진지하게 생각하곤 한다. 예를 들면 성욕(이건 도저히 형이상학적이라고 할 수 없지만)을 만들어내는 공장은 어떤 공장일까 상상한다.

성욕 공장은 막 고등학교를 졸업한 미련스러운 두 청년과 말수가 적은 중년 사원과 처세술에 능란하고 사려 깊은 예순 살 정도의 소장, 그리고 얌전하지만 성미가 급한 게이코 씨라는 아름다운 여직원(25세 · 독신 · 도쿠시마 출신)으로 운영되고 있지 않을까. 평상시 성욕 공장은 아주 한가롭고 별로 할 일도 없는 곳이다. 두 청년은 시시껄렁한 농담을 늘어놓으며 킬킬거리고, 중년 사원은 사무실 한구석에서 〈올요미모노〉에 실린 후지사와 슈헤이의 글인지 뭔지를 읽고, 소장은 워크맨으로 만담을 들으며 혼자 쿡쿡거린다. 기계도 멈췄고, 사방에는 소음 하나 일지 않는다. 게이코 씨 혼자 주판알을 튕기거나, 전화를 걸거나, 고무줄로 전표를 묶거나 하며 꼼지락꼼지락 일하고 있다.

그런데 느닷없이 게이코 씨가 화를 벌컥 낸다. 벌떡 일어나 "당신들 도대체 뭐하고 있는 거야! 나 혼자서 일하고 당신들은 아무것도 안 하고 있잖아! 부끄럽지도 않아?" 하고 소리친다. 게

이코 씨가 그렇게 큰 소리로 꽥꽥거리자 다들 깜짝 놀라고, 소장은 의자에서 굴러떨어질 뻔한다.

“그렇군! 자네들 뭣들 하는 거야!” 소장도 일어나 소리친다. “게이코 씨한테 이런 소리나 듣고 부끄럽지도 않나? 일들 하자고, 모두.”

“합시다.” 중년 사원도 〈올요미모노〉를 내던지고 일어난다. “어이, 미야타, 나카지마. 일하자고.”

“게이코 씨, 나 일할게.” “열심히 일할 테니까 좀 봐줘, 게이코 씨. 응?” 미야타도 나카지마도 제각각 주절거린다. 그리하여 기계는 다시금 윙윙거리며 기운차게 움직이기 시작한다……

이런 풍경이 내가 생각하는 성욕 공장의 이미지인데, 이런 이미지는 개인차가 크니 정확도를 따진다면 뭐라 말하기 어려워요. 그저 이런 식으로 무수한 것들을 생각하는 버릇이 있다는 얘기입니다.

가령 소설을 만들어내는 공장은 어떤 공장일까, 슬픔을 만들어내는 공장은 어떤 공장일까 — 시적인 표현이로군요 —, 대형 간접세나 실존주의나 무사안일주의나 아오야마가쿠인대학 총장을 만들어내는 건 어떤 공장일까, 그리고 그런 공장에서는 어떤 사람들이 어떤 식으로 일을 할까, 하고 나도 모르는 사이에 생각하고, 또 때로는 제법 세세하게 그런 것들을 검증해보기도 한다.

그런 의미에서 이 책에서 다룬 일련의 공장은 순전히 호기심만으로 선택했다고 해도 좋을 것이다. 내가 '××는 대체 어떤 공장이며 거기에서는 어떻게 상품을 만들까?' 하고 불현듯 떠올린 곳을 차례로 방문해보았더니 결국 이런 라인업이 완성되었다.

① 인체모형 공장

② 결혼식장(원래는 결혼식장 주방을 취재할 계획이었는데, 정작 가보니 식장 그 자체가 지니는 공장성에 그만 매료되고 말아 목표를 변경했다.)

③ 지우개 공장

④ 낙농 공장(이것도 사실은 우유 처리 공장이 주 관심사였는데, '경제동물'인 소의 생산성에 이끌리고 말았다.)

⑤ 콤데가르송 공장

⑥ 콤팩트디스크 공장

⑦ 아데랑스 공장

기묘하다면 기묘하고, 기묘하지 않다면 전혀 기묘하지 않은 라인업입니다. 개인적으로는 여기에다 ⑧병기 공장 ⑨시스템으로서의 소프랜드* 두 가지를 덧붙이고 싶었는데, 이런저런 사

* 일본의 성매매 업소 중 하나.

정이 있어 단념했다. 가능하면 언젠가 다시 도전해보고 싶어요.

물론 이 일곱 가지 공장을 취재한다고 해서 경제대국으로 불리는 일본의 평균적인 공장 현황이 드러나는 것은 아니다. 내 개인적 흥미에 따라 고른 것이라서 상당히 편중된 경향이 있고, 규모로 봐도 중소기업 · 경공업 공장이 많으며 중공업 · 대규모 공장은 선택에서 밀려났다. 오히려 '현재 일본 공장의 평균적인 모습을 살펴보자'는 의도를 지닌 사람 같으면 영 선택하지 않을 종류의 공장만(마쓰시타 공장은 예외지만) 골랐다 싶을 정도다. 이런 점은 비전문가(논픽션 작가)의 변신쯤으로 해석해주었으면 한다. 결과적으로는 이 일곱 곳을 선택한 것이 타당하지 않았나 하고 내심—이렇게 써버렸으니까 더이상 내심이 아니지만—자부하고 있습니다.

처음에는 이 책의 제목을 다른 것으로 생각하고 있었는데, 취재와 집필을 계속하는 사이 내 안에서 '일본'과 '일본인'이란 것=개념의 존재가 점점 커지는 듯한 느낌이 들어서 '해 뜨는 나라의 공장'으로 제목을 변경했다. 그 점에 대해서는 여러 가지로 쓰고 싶은 얘기가 많지만, 쓰기 시작했다가는 '서문'이란 한정된 영역에는 도저히 다 수용하지 못할 것 같으니 이 자리에서는 일단 패스하겠습니다.

그런데 내가 새삼 얘기하기는 좀 뭣하지만, 일본 사람들이란 정말 애처로울 정도로 열심히 일하는 인종이더군요. 잘하기도 할뿐더러 일 자체에서 즐거움과 철학과 긍지와 위로를 찾아내려고 애쓰기도 한다. 그게 옳은 일인지 아닌지는 물론 내가 알 수 없는 노릇이고, 그것이 앞으로 어떻게 변해갈지도 모른다. 하지만 그런 것을 차치하고 내가 지금 이렇게 원고를 쓰고 있는 동안에도 일본 각지의 공장에서 여러 사람들이 몸을 움직여 무수한 것들을 만들어내고 있다는 생각을 하면, 왠지 마음이 푸근해지고 용기가 생긴다.

덧붙여 이 책의 취재는 전부 1986년에 실시한 것입니다.

메타포적
인체모형

교토 과학 표본

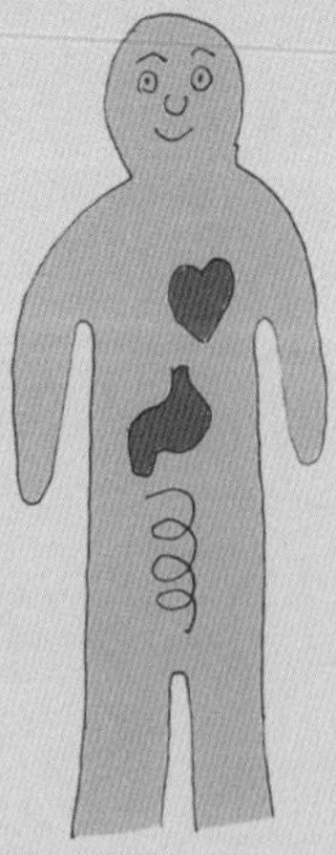

내가 취재차 교토에 있는 인체모형 공장에 견학을 간다고 했더니, 몇몇 친구가 진지하게 부러워했다.

"저, 인체모형이라면 그…… 그래, 초등학교 과학실에 있던 그거지? 두개골 뚜껑을 덜컥 떼어낼 수도 있고, 경련을 일으킨 것처럼 빨간 근육이 피뜩피뜩 움직이는 그거."

"그래."

"심장이 빨갛고, 간은 갈색이고…… 부러운걸. 난 말이야, 초등학교란 말만 들어도 반사적으로 그걸 떠올린다고. 어둡고 괴괴한 복도가 있고, 과학실이 있고, 검고 두꺼운 슬라이드 영사용 커튼이 쳐져 있고 말이야. 알코올 냄새가 사방에 가득하고…… 그리고 인체모형이 있었지. 왠지 전체적으로 칙칙한데 내장의 색깔만큼은 생생한 게 그럴싸하고 말이야. 아, 그립군. 운동회나 소풍 같은 건 하나도 생각이 안 나는데, 신기하게도 그 인체모형의 작은창자의 쪼글쪼글한 주름 모양은 지금도 분명하게 기억하고 있단 말씀이야."

그건 그렇고 전국에 계시는 수백만…… 그렇게까지는 안 되나, 수십만의 인체모형 팬 여러분, 드디어 인체모형 공장의 등장입니다. 솔직히 나도 이런 걸 싫어하는 편은 결코 아니다. 좋아하는 여자의 십이지장을 화장지에 둘둘 말아 갖고 다니고 싶어하는 등의 도착적인 취미는 물론 없지만, 소년 시절에는 방금 얘기한 친구와 마찬가지로, 과학실에 죽 늘어서 있던 해골이니 인체모형이니 포르말린에 담긴 정체 모를 희멀건 동물이니 하는 것에 묘하게 마음이 이끌려 집어삼킬 기세로 구경하곤 했다. 순전히 나의 상상에 불과하지만, 세상의 거의 모든 사람들이 나와 비슷한 경험을 갖고 있지 않을까?

어째서 해골이나 인체모형은 그렇게나 강렬하게 어린이들의 마음을 사로잡는 것일까?

나는 아마도 그것이 어린이들이 처음으로 맞닥뜨리는 '생과 사의 메타포'라서가 아닐까 하고 추측한다. 어린이들은 그 모형 앞에서 처음으로 '자기'란 존재를 대상화하게 된다. 매끈매끈하고 아무런 얼룩도 없는 자신의 피부 밑에는 촌스러운 색깔에 기묘한 꼴을 지닌 내장이 구불구불 겹겹이 쌓인 채 존재하고, 그보다 더 밑에는 표백한 것처럼 새하얀, 저 불길하고 께름칙한 뼈가 존재한다는 사실을 그들은 알게 되는 것이다. 내장은 불확실한 생을 표상하고, 뼈는 죽음을 표상한다.

물론 아이들이 곧바로 그 모든 사실을 명료하게 인식하는 것은 아니다. 인식은 언제나 세월이 훨씬 지난 후에야 찾아온다. 그러나 그들은 어두컴컴한 과학실 한구석에서 막연하게나마 시스템의 존재양식을 깨닫는 것이다. 그리고 그것은 하나의 랜드마크로 그들의 마음에 새겨지게 된다.

이것은 유명한 고대 이집트의 만찬 얘기와 비슷하다. 이집트인들은 성대한 만찬을, 시종이 관에 든 해골을 들고 연회장을 걷는 것으로 시작했다. 도저히 피할 수 없는 죽음이라는 것의 존재를 사람들의 뇌리에 새겼던 것이다.

'생의 중심에서 죽음을 생각하라'고.

그러나 새삼 말할 필요도 없이, 사람들은 철학적 성찰을 환기하려고 해골 모형을 만드는 것이 아니고, 또 내장을 무엇의 메타포로 보고 꼼꼼하게 색칠하는 것도 아니다. 그들은 '교육을 목적으로 하는 모형'을 만드는 데 지나지 않는 것이다.

이 공장은—회사의 정식 명칭은 '교토 과학 표본 주식회사'

라고 한다—교토 역에서 국도 1호선을 타고 자동차로 이십 분 정도 남쪽으로 내려간 곳에 있다. 인가가 드문 곳이라 고속도로 변에는 군데군데 넓은 공터와 밭이 남아 있고, 후시미*가 근처인 탓에 오래된 술 창고 같은 것이 보이기도 한다. 전봇대에는 천박한 콜걸 광고 포스터가 덕지덕지 붙어 있다. 이렇게 인적이 드문 시골길을 걷던 사람이 과연 저런 포스터를 보고 불현듯 성욕을 일으킬 수 있을까 싶어 남의 일인데도 염려스러워진다. 어떤 의미에서건 그곳 풍경은 사람들의 상상력을 자극할 만큼 대단한 것이 못 되었다.

'교토 과학 표본 주식회사'의 건물 역시, 그곳을 방문하는 사람들의 상상력에 파문을 일으키는 타입이 아니다. 아주 오래된 낡은 건물도 반짝반짝 빛나는 새 건물도 아닌 그저 그런 즉물적인 3층짜리 건물이다. 말할 필요도 없겠지만 인체모형을 만드는 회사 건물이라고 로저 코먼 풍 내지는 앤디 워홀 풍으로 지어진 건 아니다. 회사 건물 뒤편에는 공장이 두 동 있다. 큰 쪽은 불상이나 미술공예의 모조품, 정원석 또는 실물 크기의 폭포(이런 것까지!)를 만드는 공장이고, 작은 쪽은 교육 기자재부—즉 이번 취재의 대상인 인체모형을 제작하는 공장—이다. 미술공예

* 일본에서 손에 꼽는 정종 생산지.

부는 최근 들어 발전한 부문이고 만드는 것도 그런대로 밝은 것이라서 어딘지 모르게 미술대학의 작업실 같은 정취가 있고, 젊은 여성 스태프도 눈에 띄었다. 그런데 인체모형 쪽은, 애써 견학을 시켜주었는데 이런 얘기를 하는 건 좀 그렇지만, 건물도 낡았고 일하는 사람도 나이대 높은 분이 많아 썩 밝은 풍경은 아니었다. "열심히 하고 있나?" 하고 말을 걸면 "피스, 피스" 하는 대답이 돌아오는 활달한 분위기의 공장은 아닙니다.

공장 얘기는 나중에 다시 하고, 우선 본사 3층에 자리한 쇼룸을 찾아가 이 회사가 과연 어떤 제품을 생산하고 있는지 검토해보기로 한다. 그런데 정말이지 여러 가지가 있군요. 실물을 하나하나 소개할 수 없는 것이 섭섭할 따름이지만, 글로는 다 쓰지 못할 정도로(이 표현도 너무 단순하다) 기묘한 표본이 제법 넓은 방 가득히 죽 늘어서 있다.

이 방에 들어서면 가장 먼저 눈에 뜨이는 것이 예의 친숙한 골격모형과 인체해부모형이다. 이 두 가지를 여러모로 변형한 것들이 유리케이스 안에 죽 진열돼 있다. 인체해부모형의 최고급품은 부품 수백 개 · 길이 약 150센티미터로, 장기는 물론 근육 하나하나까지 분해할 수 있고, 그것도 남녀가 따로따로 만들어져 있어 실로 박력이 있다. 게다가 그 세밀함과 정밀함은 보고만 있어도 넋이 빠질 지경이다. 만약 한밤중에 혼자 부품 백 개를

여기가 본관입니다
교토 과학 표본의
공장 풍경

안내해준 영업부의
요코야마 씨
외국어가
특기입니다

아프리카 코끼리
뜰에는 실패한 작품이 놓여
토우
불상

한 꺼풀 벗기니
무섭군요

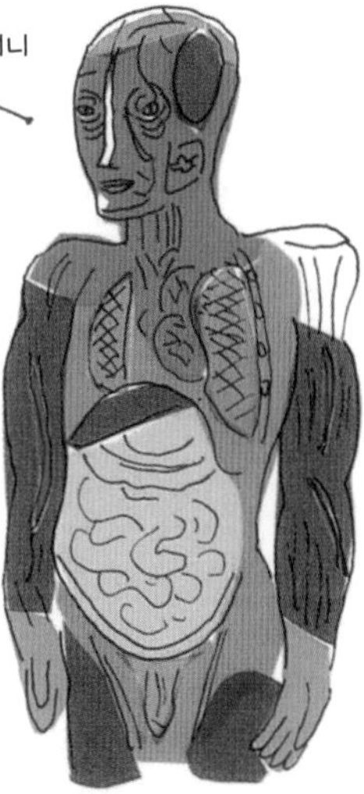

이날 무라카미 씨는
보머 재킷을 입었다

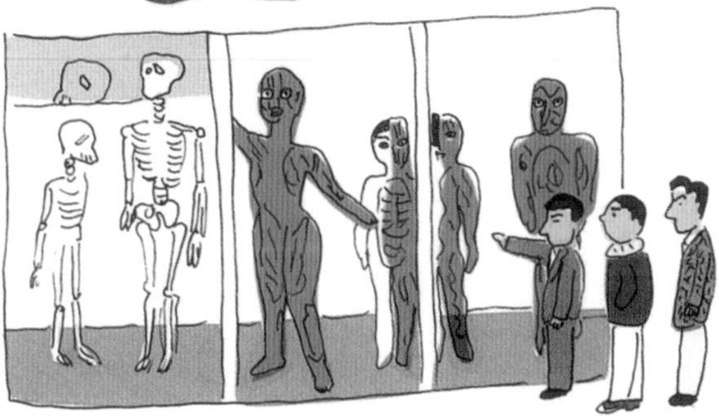

들어서자마자
이런 게 있으니 놀랄 수밖에

조각조각 나누어놓고 시간 안에 다시 끼워맞추는 게임을 한다면 그만 중독되어버릴 것 같다. 그러나 그렇게 정밀한 것은 의과대학이나 전문기관용이고, 보통은 부품 열다섯 개에서 서른 개, 신장 약 1미터에서 1미터 20센티미터 정도인 것이 이용된다. 우리가 초등학교 과학실에서 본 것은 대개 부품 열다섯 개 정도로 이루어진 것이다. 백 개짜리에 비교하면 정말 어린애 장난감이죠. 둘 사이에는 F15 이글 전투기와 세스나기 정도의 차이가 있다.

이 부품 백 개짜리 모형은 피부가 덧입혀지지 않아 대부분 근육을 있는 그대로 드러내고 있는 탓에 즉물적이랄까 실전적이랄까, 상당히 압도적이다. 그래서 성별이 나뉘어 있어도 겉모습만 봐서는 남자인지 여자인지 금방 알 수 없다. 즉 유방이나 생식기를 확인하지 않고서는 판단하기 어렵다. 그런데 유방이란 한 꺼풀 벗기고 보면 꽤 징그러운 것이더군요. 옛날에 템프테이션스가 〈Beauty is Only Skin-deep〉이란 노래를 히트시킨 적이 있는데, 진짜 말 그대로입니다. 한 꺼풀 벗기면 미녀나 추녀나 다 마찬가지예요.

골격모형에도 여러 단계가 있는데 표준은 길이 160센티미터에 합성수지제다. 더러워지면 비누로 씻을 수도 있으니까 상당히 편리하다. 해골 모델은 새하얀 색의 보통 모델도 있지만 개중에는 색채 골격 모델이나, 부위에 따라 색깔을 달리한 컬러풀한

두개골모형도 있다. 그런 것들은 약간은 LSD스럽기도 하고 사이키델릭합니다.

좌우지간 뭐 이런 것들이 빼곡하게 죽 늘어서 있는 광경을 보고 있자니 그것만으로도 꽤 긴장이 된다. 어느 모로 보나 그다지 범상한 풍경이라고는 할 수 없다. 그러나 멍하니 있을 수도 없는 노릇이라, 영업부의 요코야마 씨에게 얘기를 들어봤습니다.

—이런 모형을 제작하는 회사는 일본에서 이곳밖에 없는 거죠?

요코야마 그렇습니다. 전쟁 전에 저희 회사에 있다가 그만두고 가내수공업 형태로 하고 계시는 분은 몇 있습니다만, 브랜드를 갖고 회사를 차려 공장을 운영하는 곳은 여기뿐입니다.

어째서 교토에서 사업을 시작했는지는 자세하게 모르겠습니다만, 예를 들면 마네킹 같은 것도 주로 교토에서 생산되죠. 그 원류는 결국 시마즈 제작소*라 할 수 있습니다. 교토에는 나나사이나 야마토 같은 마네킹 제작업체가 있는데, 거기도 우리 회사와 형제인 셈이죠. 수공업 부문은 원래 교토가 좀 유명하잖습니까.

—이런 제품들의 수요는 어떻습니까? 가령 해골이라면 그리 간단히 새 모델로 바꾸지 않을 텐데.

---

* 19세기부터 일본 전통 인형을 만들어온 회사.

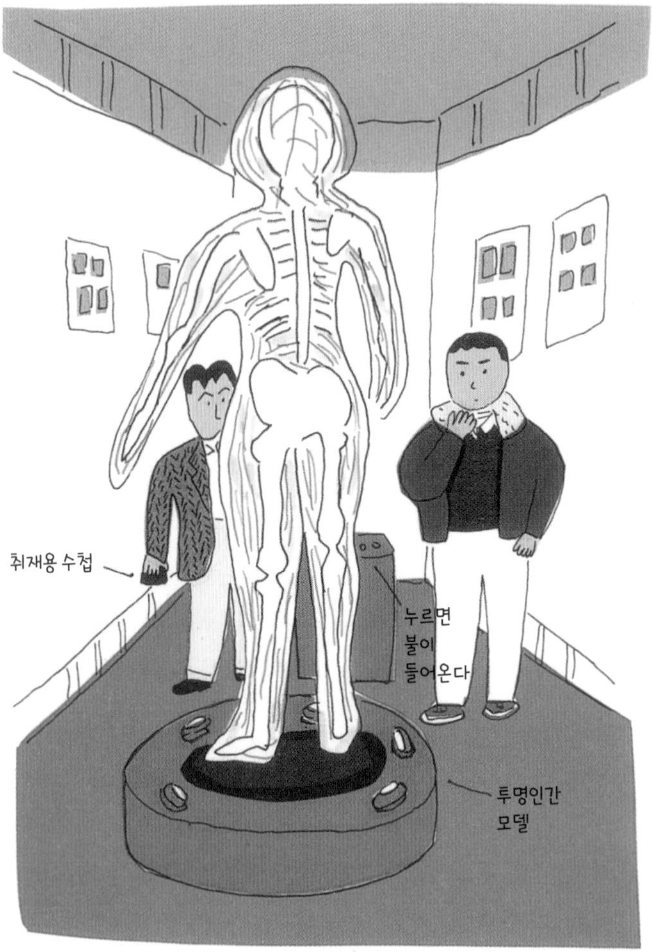
취재용 수첩
누르면
불이
들어온다
투명인간
모델

요코야마 그 점이 회사 입장에서는 상당히 골치 아픈 부분입니다. 물론 학교 교육이나 의학 교육에 쓰이는 경우는 십몇 년이 지나면 새것으로 바꿔야 한다는 등의 규칙이 있지만, 어디까지나 학교의 재량에 따르게 되어 있어서 저희도 새 상품…… 예를 들어 시뮬레이터 같은 것을 개발하려 노력하고 있습니다.

솔직히 말씀드려서 요즘은 행정개혁 운운하는 문제로 예산이 매년 줄고 있거든요. 특히 학교가 그렇죠. 문부성과 연관되어 있으니까요. 아시다시피 한때 일었던 의과대학 신설 붐도 일단락되었고, 하물며 간호 쪽에까지 예산 절감의 여파가 해가 다르게 미치고 있어서, 최근에는 판로 개척 문제로 골치를 썩고 있습니다.

— 예를 들어 간 모형을 만든다면 간의 실물을 보고 연구를 하시겠죠?

요코야마 그렇죠, 당연합니다. 단 색을 입히는 작업에는 여러 가지로 난관이 많습니다. 진짜 인체의 색깔은 아주 강렬합니다. 그러나 한 가지 어려운 것이, 우리가 보고 연구하는 것은 사체예요. 생체와 사체는 또 색이 다르거든요. 일단은 사체를 참고로 해서 색깔을 칠하는데, 색이 지나치게 강렬하면 너무 징그러우니까 좀 연하게 칠하게 됩니다. 그런데 그게 미국에 가보면 한층 연한, 아주 환한 색이에요. 옛날, 그러니까 한 십 년쯤 전일까요. 그 무렵에는 국내용과 수출용의 색이 달랐습니다. 미국용은 무게도 더 가벼웠고요. 그쪽 사람들은 화려한 것을 좋아하는 편이라 밝은색이었죠. 다만 거의 수제품이라서 거기까지 세밀함을 기하려면 인건비 균형 문제도 있고 해서, 지금은 국내 요구와 미국 요구의 중간쯤에 맞춰 일률적인 색으로 만듭니다, 하하하.

아, 기술자 중에 딱히 이공계 출신이 많은 건 아닙니다. 어디까지나 이런 걸 만드는 데 관심이 있는 사람이 대부분이죠. 원리로는 음식모형을 만드는 것과 다를 바 없어요. 세세한 부분까지 따지자면 모양 틀이나 색칠하는 방법 같은 게 다르기는 하지만요. 단 저희 입장에서 (음식모형은) 상당히 참고가 됩니다. 색칠 문제만 해도 결국 우리의 현안은 얼마나 빨리, 얼마나 정확하게 칠하느냐 하는 것이거든요. 물론 개인차 문제도 있지만, 얼마나 기계화할지가 문제인 거죠. 그런 관점에서 음식모형 쪽에는 품목이 상당히 많이 나와 있으니까, 어떤 노하우가 있을 거란 추측하에 다양하게 자료를 입수해서 연구하고 있습니다.

—개인적으로 이런 걸 수집하는 사람은 없을까요?

요코야마 글쎄요…… 음, 이따금…… 가령 이 두개골이 갖고 싶다든가(웃음), 모형이 갖고 싶다는 사람은 있지만, 수집하는 사람은 없는 것 같군요.

여기 소의 이분의 일 해부모형 말입니까? 이래봬도 90만 엔 가까이 합니다. 인체모형 같으면 길이 1미터짜리가 제일 싼데,

그게 20만 엔쯤 하죠. 그건 부품 열다섯 개로 되어 있습니다. 부품 백 개짜리는, 음, 남자가 110만에 여자가 120만. 여자 쪽이 비쌉니다(웃음). 비싼 이유는…… 음…… 특히 생식기 같은 경우 여자 쪽이…… 복잡하거든요. 그래서 10만 엔 차이가 납니다.

좀 난감해지더군요. 생식기 하나 때문에 여자 쪽이 10만 엔 더 비싸다니. 하긴 얘기를 듣고 보니 그렇겠다 싶은 생각이 안 드는 건 아니지만.

얘기를 꺼낸 김에 이 '교토 과학 표본'의 방대한 제품들 중에서 그 휘황찬란한 래디컬리즘의 증거가 될 만한 예를 몇 가지 소개해보겠습니다. 평범한 나날을 보내고 있는 일반인에게는 전혀 관계없는 일이겠지만, 세상에 이런 제품이 존재하고, 그 제품을 사용해 연구 내지는 실전 연습을 하는 사람들이 존재하고, 또 그것을 일일이 만들어내는 사람이 존재한다는 것을 부디 이 글을 통해 인식해주셨으면 합니다.

①아이를 밴 부인 골반 모형

따로 떨어진 골반 위에 스프링이 붙어 있고, 그 스프링 끝에 아기의 머리가 붙어 있는 꽤 기묘한 모형이다. 어디에 쓰는 것인가 하니, 아기의 머리를 골반에다 쏙 집어넣어 질을 통해 적출해내는 실물 크기의 연습용 모형입니다. 그래도 골반 위쪽에 아기의 머리가 붕 떠 있는 것은 좀 해괴하다.

②심장박동 소리가 들리는 태아 IC형

추천 상품이라고 하면 좀 어색하겠지만, 이 회사에서 제작하는 태아 모델은 무척 리얼하게 생겨서 나도 모르게 흠칫 놀랐다. 약 36주에 접어든 이 태아는 심장박동 소리가 나는 장치를 내장하고 있는데, 음량이나 속도도 조절할 수 있습니다. 방석으로 둘둘 말아 옷 속에다 집어넣고 "봐요, 당신 애기예요" 하고 남자를 위협할 수도 있을 것 같다. 그런 장난은 삼가주세요. 겁나니까. 참고로 가격은 11만 엔.

③관장 시약 시뮬레이터

이런 모형이 있는 것도 당연하다면 당연하겠으나, 우리 같은 외부인이 처음 보면 역시 '굉장하다' 싶다. 엎드린 형태의 엉덩이를(항문도 있고, 물론 실물 크기입니다) 관장약을 삽입하기 쉽도록 바짝 손으로 밀어올린 듯 생긴 이 모형은 실로 완성도가 높다. 값은 25만 엔. 제법 비싸죠. 생각보다 싸다고 한번 사볼까 싶어질 물건도 아니지만.

④관절 종류 모형

관장 시뮬레이터와 달리 이쪽은 꽤 앙증맞다. 인간의 관절 아홉 종류가 일렬로 나란히 매달려 있다. 세련된 인테리어 소품으로 써먹을 수도 있을 것 같다. 가격은 불명.

⑤귀 구조 모형 · 특대형

이야, 이건 정말 굉장하군요. 높이 66센티미터의 귀 모형인데, 심지어 아홉 개로 분해된다. 살바도르 달리 선생이 보면 기뻐 날뛸 것 같다. 다음은 카탈로그에서 발췌한 이 귀에 관한 설명이다.

'바깥귀를 떼어낼 수 있도록 했고, 상추체上錐體를 해부해 속귀를 들어내면, 달팽이관, 전정기관, 전반고리관을 해부하고 막미로의 구형낭 및 난형낭, 전반고리관에 연결된 것을 떼어내어 뼈미로와의 관계를 볼 수 있으며, 귓속뼈 고막도 떼어낼 수 있습니다. 또한 신경 및 혈관의 분포 상태도 상세하게 나타나 있습니다.'

과연 설명문 그대로 전부 떼어낼 수 있도록 되어 있는 셈인데, 다시 끼워맞추면 달리 풍, 분해하면 토킹헤즈 풍의 분위기가 나서 한참을 보고 있어도 싫증이 나지 않는다. 특히 달팽이관은 얼마나 앙증맞고 단아한지!

이 귀 모형만으로는 성에 차지 않는다, 좀더 깊이 좀더 세세하게 탐구하고 싶다는 분이 혹 계실지도 모르겠는데, 안심하십시오. 그런 분들을 위하여 빈틈없이 실물의 스무 배 크기(!)의 귓속뼈 모형이 있으니까. 이 망치뼈 · 모루뼈 · 등자뼈가 절묘하게 뒤엉킨 모습을 보고도 불만을 표현할 사람은 아마 없을 것이다.

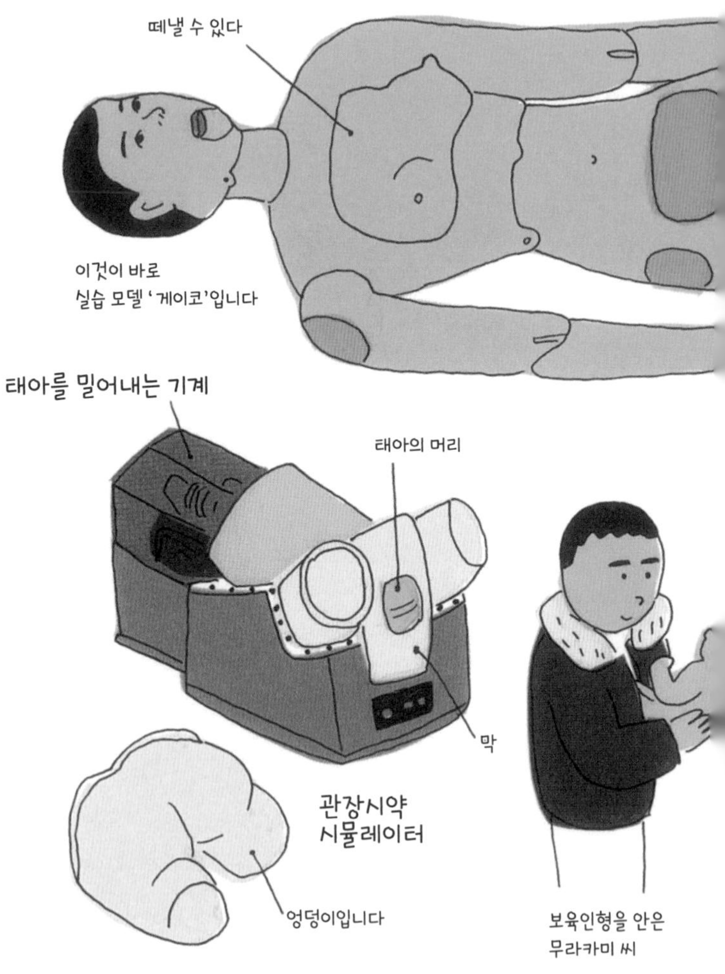
떼낼 수 있다
이것이 바로
실습 모델 '게이코'입니다
태아를 밀어내는 기계
태아의 머리
막
관장시약
시뮬레이터
엉덩이입니다
보육인형을 안은
무라카미 씨

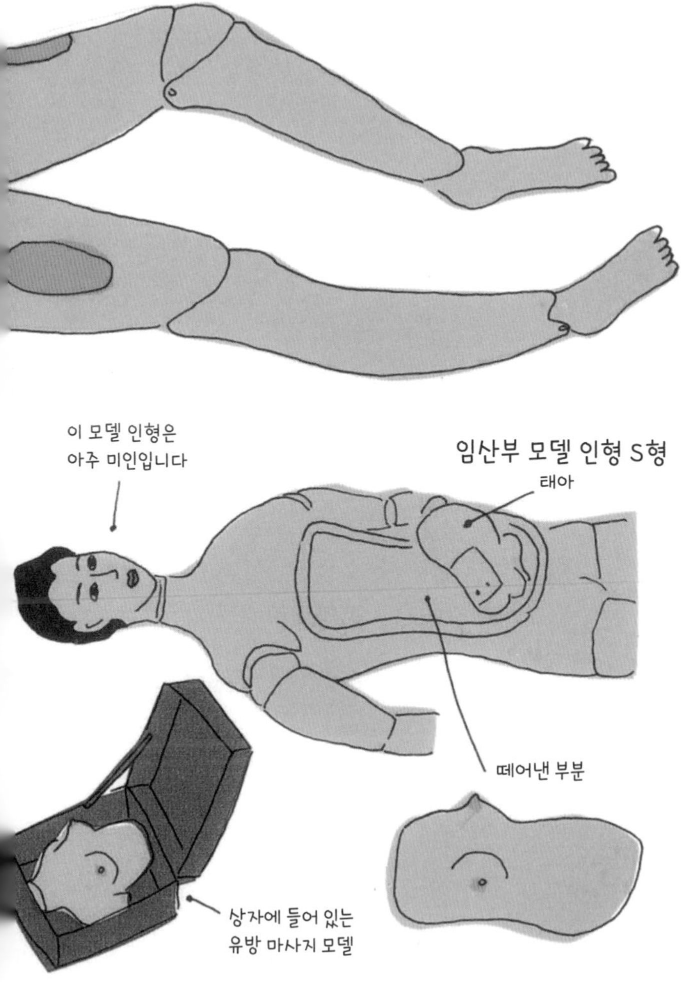
이 모델 인형은
아주 미인입니다
임산부 모델 인형 S형
태아
떼어낸 부분
상자에 들어 있는
유방 마사지 모델

⑥실습 모델 게이코

이 실습용 여자 인형에만 이름이 붙어 있는데, 아마도 '실습(프랙티스)'과 '게이코稽古'*를 연관지은 것이리라. 블랙 유머의 영역을 훌쩍 뛰어넘은 판타스틱한 작명이 뭐랄까, 좌우지간 굉장합니다. 신장은 160센티미터, 특수 배합한 염화비닐수지, 약 13킬로그램. 실습 항목은 ①주사(피하 · 근육) ②세정(위 · 장) ③관장 ④도뇨導尿(여성) ⑤청식清拭으로 가격은 31만 엔. 얼굴 표정은 어딘가 모르게 모 성문화평론가를 닮았다.

얼굴에 관해 좀더 얘기하자면, 솔직히 값이 비싸고 정밀한 모델일수록 표정이 리얼하고, 값이 싼 모델은 이류 백화점 모델 같다. '게이코'보다 한 단계 위인 바이섹슈얼—즉 페니스와 버자이너를 바꿔 달 수 있는—실습 모델은 68만 엔으로 비싸지만 제법 얼굴도 잘생겼고, 미용 실습용으로 여자 가발까지 딸려 있다.

⑦나이팅게일 상

어째서 이런 곳에 관장 시뮬레이터나 귓속뼈 모형과 나란히 나이팅게일 상이 있는지 의아하게 여길지도 모르겠으나, 간호학교에서 나이팅게일 상은 호프집의 넓은 변소(죄송)와 마찬가지로 필요불가결한 것이다. 간호사 일이란 정말 힘드니까, 그녀

* 학문이나 예술을 배우고 익히는 것.

들이 지쳐서 녹초가 되어 모든 것에 염증이 났을 때에는 문득 이 나이팅게일 상을 올려다보며 '그렇지, 나이팅게일도 그렇게 열심히 했는데'라고 생각하고, 기운을 내 다시 일자리로 돌아가는 것이다. 기운 내세요…… 지금 막 생각났는데 대학교 2학년 때 세이루카 병원의 간호사랑 데이트를 하다가 천 엔을 빌려놓고 갚지 못했다. 이것참.

이렇게 그 쇼룸에는 실로 많은 제품이 있다. 일일이 설명하려면 끝이 없을 테지만, 앞서 말했듯이 '교토 과학 표본'에서 일하는 분들이 유별난 것을 좋아하는 사람들이라서 이런 걸 만드는 것은 아니다. 말할 것도 없이 이 제품들은 전부 교육용 교재고, 전문적인 기자재다. 그러니까 안자이 미즈마루 씨처럼 순전히 흥미로 '유방 마사지 모델(11만 엔)'의 젖꼭지를 슬쩍 꼬집어보거나 해서는 절대로 안 된다. 나도 무척 만져보고 싶었지만 억지로 참았다. 실습 모델 '게이코'만 해도 간호학교의 여학생들이 이걸 사용해 매일 열심히 실습을 하고 있으므로 "아하하, 이거, ××하고 닮았는데"라고 농담을 지껄이고 웃어서도 안 된다.

그러나 머릿속으로는 그렇다는 것을 알아도, 막상 제품 하나하나를 들여다보고 있노라면 정말이지 압도당할 만큼 재미있고, 정밀하고 아름답고, 키치스럽고 래디컬하며 충격적이다. 아마 그럴싸해 보이려 애쓰지 않는 구석이 오히려 신선하고 설득력을 발휘하는 것일 터이다. 값이 싸지 않으므로 우리 같은 일반인이 개인적으로 부담 없이 사들일 수 있는 종류는 아니지만, 정반대의 시각에서 보면 이렇게 특수한 물건을 일반인이 거리낌 없이 살 수 있는 사회도 좀 무서울 것 같다.

—이렇게 보고 있으니까 모델의 표정도 가지가지군요.

요코야마 네. 예를 들어 나이팅게일 상의 얼굴을 만들 때는 의견이 분분했습니다. 옛날 자료가 있어서 그걸 참고로 만들었더니 얼굴이 무섭다고 간호학교 선생님들에게 전부 외면당했어요. 하하하. 그래서 아주 상냥하고 부드러운 얼굴로 다시 만들었죠. 처음에 참고한 건 오래된 초상화였는데, 아주 딱딱한 얼굴이었거든요. 다들 인상을 찌푸리더군요. 까다롭습니다. 간호학교 선생님들은 인형이라도 눈매가 좀 매섭다거나 하면 바로 거부해요, 네.

얼굴은 특히 고생스럽습니다. 신제품을 내놓으면 반드시 어딘가에서 말썽이 생겨서 다시 만들곤 하지요. 호감이 가는 얼굴이란 일단 부드럽고 귀여워야 하는 법이니까 스타일이 거의 일정해서, 고객이 어떤 형의 얼굴 모양이 좋다고 하면 다음에도 역시 그 얼굴 모양으로 만들게 됩니다.

“이런 건 어떻습니까?” 하고 견본을 들고 가더라도 간호학교 선생님의 판단에 영향을 받기 마련이죠. 그러니까 A선생님은 좋다고 얘기해도, 다른 학교에서는 "대체 뭐예요. 이 얼굴, 어떻게 좀 안 되겠습니까?" 하고 의견이 엇갈리는 경우가 흔해요. 우리 입장에서 보면 아무려나 상관없을 것 같은데. 교육하고 무슨 상관이 있을까 하고 말입니다. 그러나 실제로는……

요코야마 씨는 이렇게 말씀하시지만, 그래도 역시 얼굴은 중요하죠, 라는 게 내 생각이다. 제아무리 맹장이나 항문이 멋들어지게 만들어졌다 해도 얼굴이 무성의하면 간호학교 여학생들 역시 감정이입하기 힘들고 그만큼 흥도 덜 나리라고 생각한다. 세이부 백화점의 마네킹처럼 어떤 아주머니가 사람으로 착각하고 매장 위치를 물어볼 만큼 리얼할 필요는 없겠지만.

이제 드디어 이 제품들을 실제로 만들어내는 공장 쪽으로 가보겠습니다.

공장 입구에 들어서면, 우선 수지를 성형하는 공정이 나온다. 이 부분에는 특별한 게 전혀 없다. 수지 단계에서 바탕색(인체 모형이라면 피부색)을 칠하고 그것을 틀에 넣고 오븐에서 열을 가한다. 즉 간을 만든다면 간 모양 틀에 수지를 부어넣고 도미구이처럼 오븐에다 굽는 것이다. 다양한 틀 주변에 태아의 목이니 골반이니 하는 것들이 죽 놓여 있어 좀 괴상하다면 괴상하기도 한 풍경이지만, 공정 자체는 세면대를 만드는 작업과 다를 바 없어 특기할 만한 기술은 없다. 작업복을 입은 아저씨 둘이서 묵묵히 간을 도미구이처럼 구워낸다. 연일 간이다 심장이다 방광이다 하는 걸 만들고 있노라면 아무리 보아도 별 느낌이 없을 것 같긴 하다.

그곳을 지나 모든 공정 단계를 차례차례 통과하면 바로 이 공장의 중심부라고 할까, 자랑이라고 할까, 클라이맥스라고 할까, 아무튼 뭐 그런 채색부가 나옵니다. 그전 공정에서 성형된 것들이 여기로 운반되어 장인들의 손으로 하나하나 채색된다. 학교 교무실 같은 곳에 작업대가 죽 늘어서 있고, 장인들이 장기 하나하나에 붓으로 색칠을 하고 있다. 이곳 역시 매사가 묵묵히 진행된다. BGM도 없거니와, 농담을 지껄이는 소리도 들리지 않는다.

철제 선반에서는 아직 채색되지 않은 손이니 다리니 몸통이 그 위용을 드러내고 있고, '아오모리 사과' '아와지 배추'라고 인쇄된 종이박스 안에는 두개골이니 심장이니 하는 것이 빼곡히 쌓여 채색될 순서를 참을성 있게 기다리고 있다. 색을 칠하고 있는 아저씨도 별 서두르는 기색 없이 '여기 작은창자의 주름 그림자 부분은 이렇게 연한 색으로 칠하면 안 되지, 붓을 바꿔서……' 하듯이, 어째 전통 공예품이라도 만드는 듯 유유한 손길이다. 그러나 그런 광경을 보고 있자면 '야, 이거 대단한 작업인데'라는 생각이 든다. 손이 많이 가고 공정도 세밀하다. 색도 복잡하고, 완벽을 따지자면 끝이 없을 것 같다. 이런 작업을 기계로 처리하기란 도저히 불가능할 것이다.

요코야마 그렇죠, 단순히 평면적인 것에 일률적으로 색을 칠하는 거라면 기계도 할 수 있을 테지만 말입니다. 그러나 세세하게 색을 구별해 칠한다든지, 질감을 드러내기 위해 독특하게 채색(우리는 보통 '다지기'라고 하는데요)하는 것은 기계로는 불가능하죠. 숙련된 사람의 손으로 처리할 수밖에 없어요, 아직까지는.

그런 까닭에 지금 이 작업장에서 아르바이트생이나 파트타임으로 일하는 부인네들의 모습은 볼 수 없다. 숙달된 아저씨와 아주머니가 자리에 꼼짝 않고 앉아 꼼꼼하게 일할 뿐. 요코야마 씨의 얘기에 의하면, 비교적 느긋해 보여도 다들 시간과 씨름을 하며 절박하게 일하고 있다고 한다. 겉만 보고 사람을 판단해서는 안 된다.

물감은 색이 쉽게 바래지 않고 물기에 강한 평범한 비닐 래커고, 붓은 일본화용이 중심. 작업대 위에는 여러 가지 붓이 주르륵 놓여 있고, 하나하나 잘 손질되어 있다.

예를 들면 머리털 뿌리 부분의 미묘한 선을 그리기 위해서 솔

여러 종류의 붓이 있다
이게 위장인 모양입니다
채색 작업대
거꾸로 놓인 인체 하반신
가을 숲 같은 뇌혈관
종이를 꼬아서 만든다
종이박스 안에 들어 있는 남자 인체

완성된 혈관
아직 색을 칠하지 않았다
종이를 가늘게 꼬는 중
외국인은 이렇게 종이를
가늘게 꼬지 못한다고 한다

채색하지 않은 인체
기분이 좀 이상한데
다리가 삐죽
나와 있다

을 솎아내거나 하는 건데, 영업하는 사람 쪽에서 보면 '그까짓 머리털 뿌리에 그렇게 신경쓸 필요가 뭐 있나?' 싶다. 그의 입장에서는 교육 표본의 용도만 충족시키면 충분한 셈이니, 인형을 만드는 것처럼 세밀하게 채색하기보다 인체모형을 하나라도 더 만들어주길 바란다.

그렇지만 현장에서 일하는 장인 아저씨에겐 현장의 긍지라는 게 있어서 "아니지, 이런 세세한 부분까지도 정확하게 만들어야지"라고 한다. 애당초 교토 사람들이란 이런 부류의 일에 한해 상당히 고집스러운 경향이 있다. 그러니까 누가 "어이, 다카하시. 얼굴에 그만 좀 신경쓰라고"라고 하면 오히려 더욱 집요하게 물고 늘어진다. 하지만 재미있을 것 같다, 그런 거.

이 작업장의 일은 장인 한 사람 한 사람의 독립성이 강해서 분업이란 게 거의 없다. 일을 시작한 사람이 끝내는 게 원칙인 모양이다. 그러므로 대형 인체모형 같은 것도 한 사람이 하나를 전부 칠한다. 간은 사이토 씨, 생식기는 니시다 씨, 대장은 몬자키 씨 하는 식의 분담은 없다. 한 사람 한 사람이 자신의 기술을 발휘해 채색하니까, 당연히 완성된 모형 한 구 한 구는 약간씩 차이가 난다. 사용된 색들이 좀 밝다 싶은 인체가 있는가 하면, 수수하고 차분한 배색도 있다. 세부에 몰두하는 사람이 있는가 하면, 얼마간 융통성을 보이는 사람도 있다. 시험 삼아 안자이 미즈마루 씨에게도 한번 맡겨보고 싶군요.

그건 그렇고 이 장기 채색에는 여러 가지 요령 내지는 기술이 있어서, 예를 들면 너무 신선한 색을 칠하고 싶지 않다, '중년 매스컴 관계자'의 간처럼 약간 칙칙하게 칠하고 싶다 할 때는 붓에다 물감을 묻힌 다음 신문지에 한 번 슥 문지른다. 그런 다음에 칠하면 붓이 어느 정도 말라 좀 어둑어둑한 색이 나온다. 요컨대 플라스틱 모델을 채색할 때와 같은 요령인데, 그런 기술을 한 사람 한 사람이 제각기 터득하여 슈퍼마리오처럼 필살기를 뿅뿅 선보이는 것이다.

그 옆자리에서는 아주머니가 가늘게 꼰 종이를 사용하여 가느다란 신경계 모델을 만들고 있다. 이 작업은 역작이라고나 할까, 보고만 있어도 머릿속이 뒤죽박죽이 될 듯 무시무시한 것으로, 종이끈으로 만들어진 몇십 줄기의 신경이 색색으로 구별되어 저쪽으로 구부러지기도 하고 이쪽으로 빙그르르 돌아가기도 하고, 아무튼 복잡하게 얽혀 있다. 구석구석 정확하게 재현해야 하니까 정말 힘든 작업이다. 나 같은 인간에게는 도저히 불가능하다.

외국인들은 종이끈을 만들지 못해 견학을 오면 이걸 보고 질겁을 한다고 하는데, 나 역시 질겁했다.

이 신경계 모델은 삼 년째 작업중이지만 아직 미완성으로, 웬

만큼 완성되면 규슈의 어느 대학 교수에게 보여드려 "여기가 잘못됐어요" 하는 지적을 받아가며 수정을 거듭한다고 한다. 그런 얘기를 듣고 있자니 나도 모르게 고개가 숙여진다. 무려 삼 년입니다, 삼 년.

— 그야말로 장인처럼 개별적으로 일하는 것 같군요, 한 사람 한 사람이.

요코야마 네, 그렇습니다. 그게 장점이 있는가 하면 단점도 있어요. 결국은 동료간 유대관계가 잘 안 생기는 거죠. 예를 들어 채색하는 방법만 해도, 어떻게 하면 빠르고 정확하게 채색할 수 있는지에 대해선 미술공예부 작업자가 전문가인 셈이니 좀 가서 배워오면 좋을 텐데, 아무도 그러지 않습니다. 장인들의 관계라고 할까요, 옛날부터 자기 식대로 해온 기술이라는 생각이 있어서 남에게 가르쳐주기도 꺼려하고 배우려 들지도 않아요. 젊은 사람들은 꼭 그렇지도 않은데, 그럭저럭 연배가 있는 사람들은 그런 경향이 강합니다.

현장에서 작업하는 사원만 지금 110명 정도입니다만, 대개 이런 일을 좋아해서 들어온 사람들이랄까, 여하튼 관심을 갖고 들어오는 사람이 많습니다. 개중에는 인체모형 만들기를 좋아해서 하는 사람도 있겠죠. 어떻게든 젊은 후계자를 양성해야 한다는 게 지금 우리가 안고 있는 문제입니다.

요코야마 씨의 얘기에서도 알 수 있듯 '교토 과학 표본'의 가장 큰 문제점은 생산의 주요 부분을 수작업이 점하고 있다는 것이다. 그것도 아르바이트생이 대신할 수 있는 단순한 수작업이 아니라 고도의 기술을 요하는 수작업이다. 그러니 일하는 쪽은 아무래도 장인 기질이 강한 전문가가 될 수밖에 없고, 기술 혁신이나 생산성 향상과 상반되는 부분이 생겨 영업부가 골머리를 썩는 것이다.

이런 인체모형 제조가 발달한 나라는 독일과 일본인데, 수출 시장에서 두 나라의 경쟁이 치열하다고 한다. 하지만 엔고 탓으로 수출은 그렇게 원만하지 못하고, 교육 예산 절감 때문에 국내 시장 사정도 썩 좋지는 않다. 이 부분에 대한 고민은 일본의 평균적인 중소기업이 안고 있는 고민과 거의 비슷하다고 해도 좋을 것이다. "이제부터는 전문적인 시뮬레이션을 중심으로 하게 되겠죠"라고 영업부의 요코야마 씨는 말한다. 아까도 말했듯이 인체모형의 수요에는 한계가 있기 때문이다. 그러니까 머지않아 "이건 내 기술이야" 하고 고집하는 장인 아저씨도 불가피하게 체질 개선을 강요당하게 될지 모른다. 개인적으로는 서글프게 생각하지만.

—너무 빤한 질문 같아서 죄송한데요, 어쨌거나 회사니까 송년회나 회사 단체여행 같은 것도 있겠죠?

요코야마 물론입니다. 작년에는 어디로 갔다 왔더라. 별로 좋은 데가 못 돼놔서 기억이 희미한데, 시즈오카 현의 도로登呂 유적*을 보고 왔지 싶어요.

—도로 유적이라니, 사원여행이라기보단 무슨 연수 같군요.

요코야마 그런 게 코스에 있으면 반드시 보러 갑니다. 저 같은 경우는 직업상 해외 출장이 잦은데, 그런 때에도 과학박물관을 구경하러 가요. 관광버스도 안 타고요. 역시 직업상 어쩔 수 없나봅니다.

—그럼 송년회 같은 자리에서도 줄곧 그런 얘기를 하나요? "저 녀석은 직장 색을 좀 못 칠해" 하는 둥 말입니다.

요코야마 아니, 그렇지는 않아요. 지극히 일반적인 얘기를 하고, 노래방에 가기도 하고, 다른 회사와 마찬가지입니다. 하긴 공통의 화제는 일 얘기니, 영업부끼리만 모이면 다른 부서 험담을 늘어놓기도 하고, 일반적으로 다른 곳과 똑같습니다.

흠흠, 그런가…… 납득이 될 만한 이야기였지만, 이 '교토 과

---

* 야요이 시대의 생활상을 재현한 가옥, 창고 등이 복원되어 있는 유적.

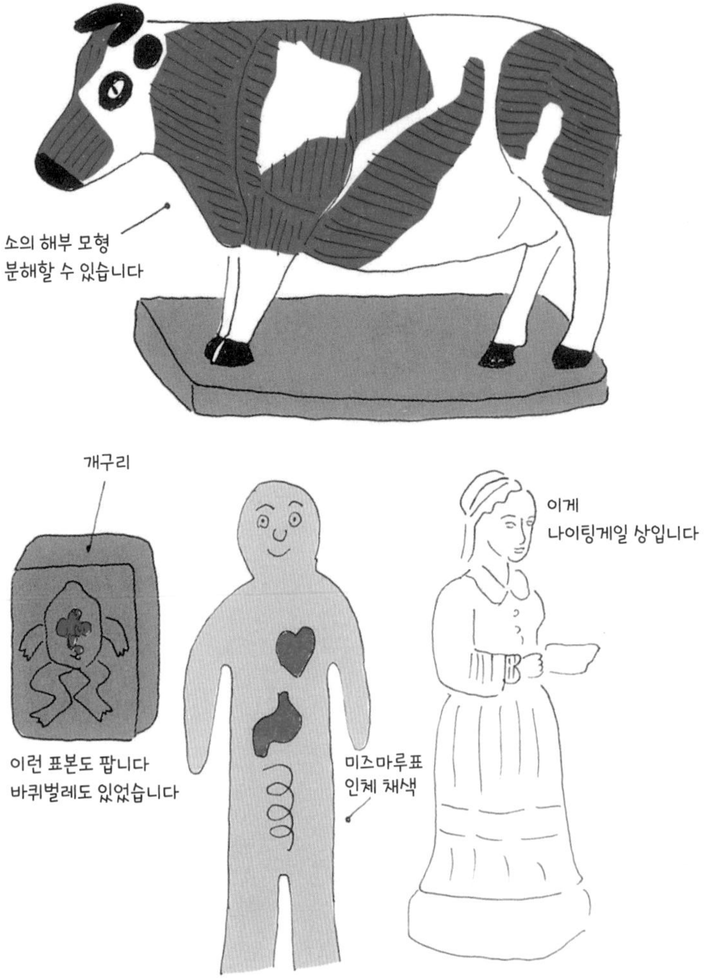
소의 해부 모형
분해할 수 있습니다
개구리
이런 표본도 팝니다
바퀴벌레도 있었습니다
미즈마루표
인체 채색
이게
나이팅게일 상입니다

학 표본'이 요코야마 씨의 말씀대로 '일반적으로 다른 곳과 똑같은' 회사인지 아닌지는 아직 판단이 안 선다. 회사 단체여행으로 도로 유적을 보러 가는 건 아무래도 일반적이라고 할 수 없는 듯하고, 예컨대 '정맥주사용 시뮬레이터'를 만드는 회사와 '장아찌'를 만드는 회사를 동일선상에 놓고 "일반적으로는 똑같습니다"라고 하는 것도 좀 무리다.

그야 물론 효율적으로 생산해서 효율적으로 판매하는 게 목적이라는 점에서는 과학 표본 회사나 장아찌 회사나 기능적으로 아무런 차이가 없겠지만, 전체적으로 보면 역시 두 회사는 본질이 다르다. 어떻게 다르냐고 물으면 대답하기 곤란하지만, 한마디로 '다들 비교적 즐겁게 일하고 있었다'는 겁니다. 과연 장기에 색을 칠하는 일은 그다지 경쾌한 작업이라고 할 수 없고, 수고도 많이 든다. 그래도 옆에서 보고 있으니 나도 해보고 싶어질 정도로 끌리는 구석이 있어 상당히 흥미로웠다. 아마도 그것을 만드는 동기가 지나치리만큼 진지하고, 수공업이지만 전통 공예는 아니므로 비교적 부담 없이 집중할 수 있어서가 아닐까 합니다.

좀더 저렴했더라면 소의 이분의 일 모형을 사고 싶었는데, 아쉽다.

○

결혼식장도
일종의 공장

●

마쓰도 다마히메 전

이 책의 취지 내지 방침은 몇몇 '공장'을 선택해 취재하고, 그곳의 탐방기 — 혹은 탐방기 같은 글 — 를 쓰는 것인데, 그중에는 세상의 일반상식으로는 도저히 '공장'이라 부를 수 없는 곳도 몇 군데 섞여 있다. 예를 들면 이 결혼식장 '마쓰도 다마히메 전'이 좋은 예다.

말할 것도 없이, 결혼식장은 엄밀히 말하자면 '공장'이 아니다. 요리를 제외하면 무슨 형태가 있는 물건을 생산하는 것도 아니고, 컨베이어벨트나 컴프레서가 웅웅거리며 가동되지도 않는다. 그렇지만 만약 당신이 결혼식장 — 꼭 '마쓰도 다마히메 전'일 필요는 없다. '호텔 오크라'의 결혼식장도 구조의 본질은 똑같다 — 에서 쌍쌍의 신혼부부가 차례차례 쏟아져나오는 과정을 유심히 바라볼 수 있는 기회를 갖는다면, 그것을 '공장'의 범주에 집어넣는 데 결코 반대하지 않으리라 생각한다. 솔직히 말해 그건 공장 외의 다른 무엇이라고도 할 수 없다.

일종의 공장인 결혼식장, 혹은 '결혼식장'이란 이름의 공장에서 사용하는 원료는 다름아닌 신랑 신부로 불리는 한 쌍의 남녀이며, 그 기계적 추진력은 전문적 노하우와 숙달된 서비스, 주된 부가가치는 감동(좀더 소극적으로 표현하면 정서의 고양), 그 수요를 뒷받침하는 것은 세상 일반의 '관례 · 상식 · 습관'이다. 그런 식으로 결혼식장에서는 오늘도 흉일만 아니면 한 회 또 한 회, '의식'이라는 이름의 휘황찬란한 상품이 생산되고 있다.

그렇다고 내가 이런 '결혼식 공장'과도 같은 결혼식장의 성격을 비판하려는 것은 결코 아니다. 그에 대해 비난조의 생각을 품고 있는 것도 아니다. 솔직히 나는 '마쓰도 다마히메 전'을 긍정하지도 부정하지도 않는다. 소위 중립적 입장에서 이 글을 쓰고 있다.

'중립적 입장'에 대해 구체적으로 쓰자면, ①나 자신은 이 결혼식장에서 식을 올리지 않을 테지만 ②이 결혼식장의 존재의의에 대해서는 누구보다 잘 이해할 수 있다는 것이다.

내가 '마쓰도 다마히메 전'에서 결혼식을 올리지 않는 이유는 지극히 개인적인 것이므로—요컨대 나는 집회라는 것을 생리적으로 싫어한다—'마쓰도 다마히메 전'에는 전혀 책임이 없다. 나는 비교적 고집이 센 인간이라, 남의 즐거움을 위해 굳이 내가 좋아하지 않는 일을 하지는 않는다. 그래서 나는 처음(지금의 아내랑) 결혼할 때에도 식을 올리지 않았고, 다시 한번 결혼한다 해도(으익!) '마쓰도 다마히메 전'이 되었든 어디가 되었든 결혼식을 올릴 마음은 눈곱만큼도 없다.

그런 나도—편협한 성격의 염소자리 소설가도—결혼식 산업이 왜 이 세상에 존재하는지는 어느 정도 이해할 수 있다. 결혼식 산업이 이 세상에 존재하는 이유는, 그렇다, 많은 사람들이 그것을 바라고, 필요로 하기 때문이다.

대부분의 사람들은 의식을 필요로 하고 그에 동반되는 어떤 종류의 감동을 바란다. 대개의 사람들에게 결혼식이란 바로 그런 것이다. 그러나 그들이 원하는 것은 진짜 감동이 아니다. 그들이 원하는 것은 시작이 있고, 중간이 있고, 그리고 마지막이 있어 적당히 그 기능을 수행해주는 파악 가능한 감동이다.

요컨대 그것이 바로 의식인 것이다.

세상에는 입구는 있으면서 출구가 없는 감동도 있고, 출구는 있으면서 입구가 없는 감동도 있다. 사람들을 압도하는 감동이 있는가 하면, 오줌을 찔끔 지리게 하는 감동도 (아마) 있다. 그러나—구태여 말할 필요도 없으나—사람들은 결혼식장에서는 그런 파악 불가능한 종류의 감동을 요구하지 않는다.

만약 결혼식장에서 심심찮게 압도적인 감동이 발생하고, 그때마다 참석자들이 바닥에 넙죽 엎드려 흐느껴 울거나, 신부가 실신하거나, 신부의 아버지가 감정이 격해진 나머지 로스트비프용 나이프로 신랑의 목을 찌르거나 한다면 온 세상은 아수라장이 되고 말 것이다. 그런 종류의 감동은 결혼식장에 불필요하다.

사람들은 결혼식이라는 의식에 참가해 감동하기도 하고, 눈물을 머금기도 한다. 그러나 설사 눈물을 머금는다 해도 그 눈물은 일정한 시간이 지나면 수습되도록 설정되어 있다. 왜냐하면 그 감동은 야구에 러키세븐이 있고 햄 샌드위치에 피클이 들어 있는 것과 마찬가지로 의식의 한 과정에 부수되는 것이라서, 결코 과정 자체를 능가하지는 못하도록 프로그램되어 있기 때문이다. 그것이 바로 '적당하게 파악 가능'한 감동이며, 파악이 가능하기에 돈으로 매매도 가능한 것이다.

이런 발언은 필시 시니컬한 뉘앙스를 풍기리라. 그러나 나는 애당초 말했듯 결코 시니컬한 시각으로 '다마히메 전'(멋진 이름이다)을 바라보고 있지 않다. 적어도 메이저 신문의 엘리트 칼럼니스트가 잘난 체하는 문장으로 '화려하고 연출이 과다한' 결혼식장을 조롱하는 것과 같은 냉소적인 눈길은 아니다. 사람들(만약 이런 표현을 용납해주신다면 서민)은 스스로가 원하는 것을 스스로 돈을 내고 손에 넣는다—그것이 어디가 잘못됐다는 것인가? 좀더 깊이 파고들자면 결혼식의 어디까지가 정당하고, 어디서부터가 정당하지 않은 것인가? 결혼식의 어디까지가 필요한 과정이고 어디서부터가 불필요한 것인가? 어디까지가 결혼식의 핵심이고 어디서부터가 부수적인 것인가? 어디까지가 세련된 것이고 어디까지가 촌스러운 것인가? 그리고 과연 누구에게 그것을 판단할 권리가 있단 말인가?

나는 모르겠다.

모르니까 판단은 회피한다.

구체적인 예를 들어 독자 여러분께 판단을 맡기겠다.

【케이스스터디】

신랑: 스즈키 지카라, 26세

신부: 누마즈 미도리, 23세

스즈키는 지바현 마쓰도시 출신, 아버지는 마쓰도역 근처에서 동물병원을 운영하고 있다. 차남. 친척은 대부분 지바현에 살고 있고, 숙부는 마쓰도시 시의원이다.

호세이대학 법학부 졸업 후 모 대기업 석유 회사에 취직, 영업부에 적을 두고 있다. 월급은 약 28만 엔. 현재 집 근처에 원룸맨션(집세 4만8천 엔)을 빌려 살고 있고, 마루노우치까지 지요다 선을 타고 출퇴근한다.

취미는 음악 감상과 드라이브(차종은 이스즈 제미니), 주말에는 대개 차를 타고 교외로 나간다. 음악은 앨리스와 배리 매닐로, 책은 추리물, 배우는 이시하라 마리코를 좋아한다. 대학 시절 동아리 여자 후배와 사귀었지만 졸업 후에 헤어졌고, 이후 한 달에 한두 번꼴로 지바 시내에 있는 소프랜드에 다녔다. 안마시술소는 왠지 불편해서 그다지 좋아하지 않는다. 저축액은 180만 엔.

누마즈 미도리. 시즈오카현 야이즈시 출신. 부모님은 편의점을 운영하고 있다. 삼남매로 큰오빠가 가업을 이었고 둘째오빠는 후지 텔레비전에 근무한다.

쇼와 여자 단기대학 영문과 졸업 후 중견 광고 프로덕션에 취직했지만, 상사와 잘 맞지 않아 반년 만에 그만뒀고, 지금은 긴자의 화랑에서 일하고 있다. 월급은 21만 엔. 저축액 230만엔(그중 150만 엔은 부모님이 대신 넣어준 적금이다), 요요기우에하라에 있는 원룸맨션(집세 7만8천 엔)에 산다. 구독하는 잡지는 〈클래시〉 〈앙앙〉 〈다카포〉.

첫 경험은 열아홉 살 때 스키장에서 알게 된 게이오대학 학생과. 그후 스물한 살 되던 해 가을 화랑에서 알게 된 서른아홉 살 유부남과 깊은 관계에 빠졌지만, 옥신각신한 끝에 결국 반년 만에 헤어졌다.

이런 두 사람이 이 드넓은 세상에서 우연히 만나 사랑에 빠져서 결혼을 약속하고, 마쓰도의 다마히메 전에서 결혼식을 올리게 되었으니 세상은 참 재미있……지도 않나, 요컨대 흔히 있는 얘기다. 〈트리스탄과 이졸데〉의 세계와는 차원이 다르다.

그런데 이 두 사람은 어떻게 서로 사랑하게 되었는가? 궁금해하실 분도 있을 것 같아, 이야기의 본줄기와는 관계없지만 사태의 추이를 간략하게 설명하겠다.

스즈키 지카라가 누마즈 미도리를 처음으로 만난 것은 1985년 9월이었다. 미도리가 일하는 화랑에서 지카라의 상사가 유화 그룹전을 열었는데, 지카라가 그때 접수에 동원되었던 것이다. 그때 미도리를 본 지카라는 한눈에 반하고 말았다. 미도리는 키가 큰데다 몸매도 좋고 옷차림도 세련되었다. 엄청난 미인은 아니지만, 눈이 아름답고 치열도 가지런하다.

미도리도 지카라가 싫지는 않았다. 전체적인 느낌이 좀 땅딸막하고 넥타이 무늬도 형편없었지만 친절하고 성실해 보였고, 별로 재미있지 않은 농담을 하는 구석도 귀여웠다.

이렇게 하여 두 사람은 몇 번 데이트를 하며 영화를 보기도 하고 술을 마시기도 했다. 그러다 요요기우에하라의 미도리 집에서 첫 섹스를 했다. 12월 4일의 일이다.

프러포즈를 받았을 때 미도리는 '음, 어떻게 하지?' 하고 잠시 망설였다. 지카라가 좋고 괜찮은 결혼 상대라는 생각도 들었지만, 좀더 혼자만의 시간을 갖고 싶기도 했고, 게나가 지카라는 외모로 따지면 결코 미도리가 좋아하는 타입이 아니었다. 석유회사에 다닌다는 것도 어째 너무 수수해서 흡족스럽지 않았다. 그러나 결국 미도리는 지카라와 결혼하기로 마음을 정했다. 지금까지 사귄 남자들 중에서 지카라만큼 자신을 안심시켜준 남자가 없었기 때문이다. 이 사람을 놓치면 두 번 다시 이런 상대를 만날 수 없을지도 모른다고 생각한 것이다.

"좋아." 미도리는 조용한 목소리로 말했다. 그러고는 지카라의 맨가슴에 살며시 몸을 기대었다(이런 광경을 쓰려니 꽤나 민망하군요).

그리하여 해가 바뀌고 3월 31일, 따스한 봄 햇살이 내리쪼이는 일요일 오후에 지카라와 미도리는 마쓰도역에서 걸어서 오분 거리에 있는 '마쓰도 다마히메 전'으로 향했다. 식장을 예약하기 위해서다. 걸으면서 둘은,

"어젯밤은 ×××해서 아주 좋았어. ××××하기도 했고……"

"아이참, 후후후, 지카라 씨도 ××× 한걸, 뭐."

하고 하찮은 얘기를 주고받는다. 길바닥에 있는 소들도 이 젊은 두 사람의 모습을 진기한 듯……이라는 건 거짓말이고, 마쓰도에는 소 같은 건 없다. 아마 없을 것이다.

두 사람이 '마쓰도 다마히메 전'을 결혼식장으로 택한 것은 거기가 지카라의 본가에서 가까웠기 때문이다. 시티 걸을 지향하는 미도리는 내심 '음, 도심에 있는 호텔이 더 좋은데'라는 생각이 있어 은근슬쩍 심중을 털어놓았지만 끝내 타협했다. 대부분의 현명한 여자들처럼 그녀 역시 위대한 현실주의자의 길을 걷기 시작한 것이다. 그렇기에 지카라가 "도심에 있는 호텔 따위는 순전히 이름값이야. 그런 허영 부려봐야 아무 의미도 없다고. 우리는 연예인이 아니잖아"라고 했을 때, "그도 그렇지" 하고 순순히 수긍한 것이다.

그리고 〈앙앙〉에서 스타일리스트로 일하는 친한 친구에게서 "요새 진보적인 인간들 사이에서는 '다마히메 전'의 키치한 경향이 유행이야"란 얘기를 들은 것도, 그 재빠른 타협의 원인 중 하나였다.

둘은 결혼식에 드는 비용을 총 250만 엔으로 책정했다. 신혼여행(하와이) 비용까지 총 300만 엔 선에서 마무리짓고 싶다. 비용은 일단 두 사람의 저금에서 지출하지만 그중 반쯤은 축의

금으로 충당될 것이다. 뭐, 어떻게든 되겠지.

초대 손님은 약 여든 명. 둘은 10월의 토요일이나 일요일을 원하는데 글쎄요, 어떻게 될까요?

결혼식 예약 및 상담 코너는 '마쓰도 다마히메 전' 지하층에 있다. 넓은 로비에는 의상이니 답례품이니 요리 등의 샘플이 죽 진열되어 있어 그야말로 '결혼 샘플 시장'이라 할 만한 분위기다. 식장을 예약한 손님은 여기에서 '의상은 이것, 요리는 저것' 하는 식으로 눈으로 직접 보고 선택할 수 있다. 무척 편리한 시스템일뿐더러, 상담하러 온 손님의 기분을 고양시키는 효과도 있다.

상담 카운터에서 지카라와 미도리를 상대한 사람은 아라키 씨라는 젊은 담당자였다. 네이비블루색 블레이저코트를 단정하게 차려입었으며 태도도 깍듯하고 친절하다. '뭐? 결혼하고 싶다고? 그래서 예산은 어느 정돈데?' 하는 고압적인 태도는 절대 아니다.

아라키 음, 그러니까 10월 12일 일요일을 신청하셨죠. 하객 수는 여든 분이고…… 잠깐 기다려주세요. 팔락팔락(예정표를 체크한다). 네, 괜찮겠군요. 가장 넓은 '경운실慶雲室'이 비어 있습니다.

지카라 아, 다행이다. 10월의 일요일이고 대길일이라서 안 될 줄 알았는데요.

아라키 다만 시간이 오전밖에 비어 있지 않아서 열시 반에 결혼식, 열한시 반부터 피로연을 시작하고, 두 시간 반 안에 끝내셔야 합니다만……

지카라 뭐, 상관없겠지?

미도리 할 수 없지. 야이즈에서 오는 친척들이 좀 힘들겠지만.

지카라 그건 어쩔 수 없지 뭐, 그럼 그렇게 결정하죠.

아라키 감사합니다. 10월 12일 스즈키가, 누마즈가의 결혼식을 '경운실'에서 거행하겠습니다.

얘기는 이렇게 체계적으로 진행된다. 가장 먼저 결정해야 하는 것은 날짜다. 날짜와 피로연에 초대할 손님 수. 이 두 가지가 확실히 정해지지 않으면 장소를 예약할 수도 없으니 더이상 아무런 진전이 없다. 하긴 당연한 얘기죠. 그러니까 맨 처음 상담 때는 길흉일 조견표를 반드시 참고하게 된다.

구체적인 장소가 정해지면 다음으로 결혼식 유형을 정한다. '마쓰도 다마히메 전'의 신전식* 식장은 실내에 있지만, 교회식이나 불교식을 희망하는 사람은 실외에서 식을 치른 다음 실내

* 神前式, 일본의 전통 신앙인 신도(神道)식으로 하는 결혼식.

로 들어와 피로연을 치른다.

미도리 신전식으로 하는 게 어때?

지카라 골치 아프니까 그냥 신전식으로 해버리죠. 조로아스터교식은 없겠죠?

아라키 네?

지카라 아니, 농담입니다.

이렇게 하여 결혼식 유형도 결정.

이 시점에서 아라키 씨는 두 사람에게 일정표를 건네준다. 드디어 얘기가 세부사항으로 진전되는 것이다.

지카라 청첩장이라…… 다른 사람들도 대개 여기에서 찍습니까?

아라키 그렇습니다. 대부분의 경우 저희에게 맡기십니다. 친척분 중에 인쇄 관계자가 계시는 경우는 다르지만요. 그렇지 않으면 날짜를 정해 저희에게 인쇄에 필요한 내용을 알려주시는 방법이 있는데……

지카라 친척 중에 인쇄 관계자 있어?

미도리 난 없는데, 지카라 씨는?

지카라 없어.

이리하여 청첩장 제작도 '마쓰도 다마히메 전'에 의뢰. 청첩장은 예식일 두 달 전에 만드니까 상세한 사항은 그때 협의하면 된다.

그러고는 드디어 견적을 뽑는다.

아라키 음, 우선 요리인데요. (팔랑팔랑 견본을 뒤적인다.) 이게 일식 6천 엔짜리입니다.

미도리 좀 초라한가?

지카라 도미가 있으면 좋겠는데.

미도리 조금 비싼 걸로……

아라키 그럼, 이쪽이 8천 엔짜리입니다.

지카라 그래도 도미는 없는데.

미도리 아, 여기는 있네. 도미.

지카라 정말, 도미가 있군.

아라키 그건 만 엔 코스입니다.

지카라 그럼, 뭐 그 정도 선에서……

미도리 우아, 여기 좀 봐. 진짜 굉장하다.

아라키 그것은 최고급 요리입니다. 만 7천 엔이고요.

미도리 게, 새우, 도미, 생선회……

지카라 그렇게까지 할 필요는 없잖아, 도미만 있으면.

아라키 그럼, 만 엔짜리로 하시겠습니까?

지카라 진짜 도미가 나오는 거죠?

아라키 그럼요, 포함되어 있습니다.

이렇게 요리도 결정. 내용은 도미 통구이, 대하, 생선회, 튀김, 생선구이, 조림, 무침, 달걀찜, 국물, 멜론입니다.

그러나 식사만 나온다고 하객이 즐거워할 리가 없다. 피로연과 꽃놀이에는 술이 필요한 법이다.

아라키 샴페인, 맥주, 정종, 주스 등을 무제한으로 드시고 일인당 천6백 엔입니다.

지카라 그러면 천6백 엔에 여든 명이니까……

아라키 탁탁탁(계산기를 두드리는 소리), 12만8천 엔이군요.

지카라 그럼, 그렇게 하죠.

아라키 단 이 메뉴에는 위스키가 포함되어 있지 않아서, 위스키를 희망하시는 경우에는 별도로 주문을 받고 있습니다.

미도리 위스키 없어도 상관없지 않을까?

지카라 하지만 지쿠라에 사는 친척 아저씨는 위스키가 없으면 신경질을 낸단 말씀이야. 그 아저씨 거의 알코올중독 수준이거든.

미도리 그럼 할 수 없지, 뭐.

지카라 위스키 세 병 정도 추가해주세요.

아라키 알겠습니다. 요리와 술은 이렇게 정하겠습니다. 하객이 여든 분이니까 원형 테이블 열 개로 충분할 것 같은데요.

지카라 그건 알아서 해주세요.

아라키 그리고 캔들은 하트형도 쓰시겠습니까?

지카라 (미도리에게) 어떻게 할까?

미도리 어느 쪽이든 괜찮은데……

지카라 (아라키 씨에게) 다른 사람도 모두 합니까?

아라키 보통은 다 하십니다. 어쩌다 안 하시는 분도 계시지만요.

지카라 그럼 하죠. 다른 사람들 하는 것처럼.

아라키 네, 그러면 메모리얼 캔들 8천 엔(견적서에 볼펜으로 쓱쓱 금액을 써넣는다), 그리고 사회는 어떻게 하시겠습니까? 저희 쪽에서 맡든가, 아니면 손님 쪽에서 준비하실 수도 있는데요.

지카라 글쎄요, 사회료는 얼마입니까?

아라키 4만 엔 입니다.

지카라 (미도리에게) 어떻게 하지?

미도리 누군가에게 부탁하려면 성가시기도 하고……

지카라 와타나베가 잘할 것 같긴 한데.

미도리 하지만 그 사람 입이 걸어서, 갑자기 무슨 얘기를 할지 모르잖아.

지카라 그러면 그것도 부탁합니다.

아라키 프로 사회자라 진행을 아주 잘합니다. 그러면 4만엔 추가…… (쓱쓱) 엘렉톤은 어떻게 하시겠습니까?

지카라 엘렉톤은 필요없겠지?

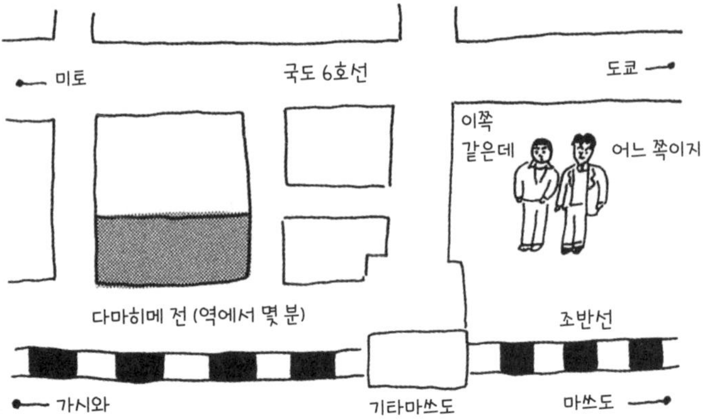

미도리 음, 딱히 필요없죠.

아라키 그리고 연출효과료란 게 있는데요, 그게 5만5천 엔입니다.

미도리 연출효과료?

아라키 판타지아라고 해서, 드라이아이스 연기나, 음향믹서, 노래방 기계, 미러볼, 메르헨 같은 것을 다 포함해 세트로 5만5천 엔입니다. 물론 그중 몇 개만 골라서 쓸 수도 있지만 세트로 하시면 할인이 되니까요.

미도리 메르헨이 뭔데요?

아라키 음, 그러니까 두 분의 어렸을 때 사진을 슬라이드로 비

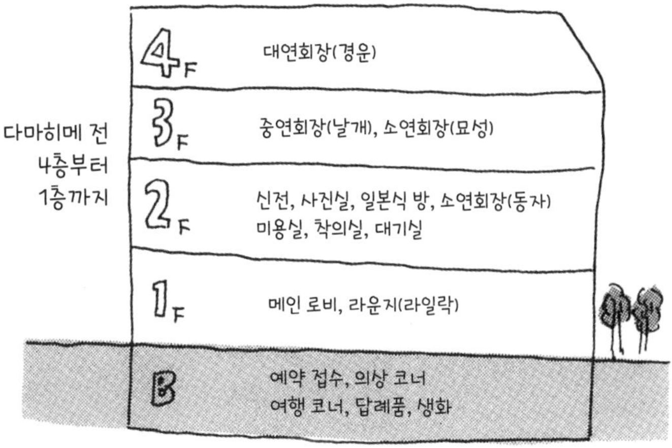

추면서 내레이션을 곁들이는 겁니다.

지카라 하는 김에 전부 하지. 5만5천 엔으로 해주십시오. 세세한 건 잘 모르겠으니까.

아라키 그리고 곤돌라 사용료는 객실 좌석료에서 부담하게끔 돼 있는데, 한 분당 100엔씩 가산됩니다.

지카라 곤돌라?

아라키 네, 일단 식을 마친 두 분께서 옷을 갈아입고, 곤돌라를 타고 천장에서 스르륵 내려오시는 겁니다. 다들 깜짝 놀라시죠.

지카라 그야 물론 깜짝 놀라겠죠. 완전 〈미지와의 조우〉니까.

아라키 그 정도로 대단한 건 아닙니다만.

지카라 (당연하지……)

아라키 그리고 꽃 말인데요, 싼 것부터 진주, 루비, 에메랄드, 다이아몬드 세트로 돼 있습니다.

지카라 왠지 점점 머리가 아파오는걸. 그건 뭐가 어떻게 다릅니까?

아라키 일단 꽃의 양이 다릅니다.

미도리 꽃의 종류는?

아라키 카네이션을 제일 많이 사용합니다. 카네이션이 제일 볼륨 있어 보이니까요. 장미나 그 외의 다른 꽃도 주문은 받습니다만, 그건 송이 수가 같아도 카네이션만한 볼륨이 안 생기거든

요. 그렇다고 활짝 핀 장미만 사용할 수도 없고, 아무래도 봉오리 상태인 게 좋으니까. 그러자면……

지카라 제일 비싼 다이아는 어떤 식입니까?

아라키 그 경우에는 카네이션 중에서도 두 가지 색을 섞어서 쓰고 그 외에 큼직한 카틀레야를 곁들이고요, 테이블이 이렇게 있으면 메인에 두고 양 사이드에도 놓습니다. 제일 싼 세트는 드문드문한 느낌이 있는데, 가격이 비싸지면 빈틈없이 쭉 이어지니까 훨씬 보기 좋습니다. 특히 손님의 경우는 제일 넓은 방을 사용하시니 싼 세트로 하면 오히려 초라해 보이지요.

지카라 그러면 이 에메랄드 세트 5만 엔짜리로 할까?

미도리 그러지 뭐. 초라한 건 싫으니까.

아라키 잘 알겠습니다. (쓱쓱) 그리고 청첩장은 몇 부 정도 찍으면 되겠습니까?

미도리 못 오는 사람들 것까지 생각해서 넉넉하게 찍어야 하나요?

아라키 아니요, 그런 일은 거의 없을 겁니다. 의례적으로 보내는 것을 별도로 하면 결혼식에 오실지 안 오실지는 사전에 대충 알 수 있으니까요. 요컨대 확인차 보내는 거나 마찬가지입니다. 그리고 부부 동반일 경우에는 한 통만 보내도 되고요. 피로연에 여든 분이 오시니 대충 열 명 정도 줄여서 계산해도 상관없습니

다. 그러니까 칠십 장 정도면 충분하지 않을까 싶은데요. 청첩장에도 몇 가지 종류가 있습니다만, 평균적으로 한 부당 360엔입니다.

지카라 잘 모르겠군요. 알아서 해주십시오.

아라키 좌석표 인쇄도 있습니다. 이건 청첩장과 같은 수량이죠. 장당 500엔입니다.

지카라 해주십시오.

아라키 네, (쓱쓱, 쓱쓱) 그다음은 의상인데요. 어떻게 하실까요?

미도리 역시 우치카케*가 좋겠지. 그치?

지카라 흐음.

아라키 예식 후에는 어떤 것으로 갈아입으시겠습니까?

미도리 뭐가 유행인데요?

아라키 유행이라기보다 보통 후리소데**를 먼저 입고 그다음에 드레스를 입는 분들이 많죠.

미도리 그럼 저도 그렇게 하죠.

* 여성용 긴 예복.

** 소맷자락이 길고 무늬가 화려한 기모노.

지카라 저는 몬쓰키*를 입고 그다음에 턱시도를 입으면 되겠죠.

아라키 그럼 그렇게 하기로 하고, 의상 가격은 나중에 정하시죠.

미도리 왜요?

아라키 저, 가격대가 워낙 다양해서 다른 것들을 먼저 정하신 후에 결정하시는 편이……

지카라 알겠습니다.

아라키 옷단장을 도와드리는 비용은 일정하게 정해져 있습니

* 가문의 문양을 넣은 검은 남자 예복.

다. 우치카케, 후리소데, 드레스까지 하면…… 5만3천 엔. 남성은 두 벌에 8천 엔입니다.

지카라 꽤나 차이가 나는군.

아라키 이번에는 답례품인데요. 케이크는 어떻게 할까요? 웨딩케이크라고 해서, 보통 삼각형에 요 정도로 조그만게 있고…… 아니면 바움쿠헨 같은 것으로 하시는 분들도 계십니다.

지카라 바움쿠헨은 어째 팔다 남은 것 같은 맛이지 않나?

아라키 그럼 삼각 케이크로…… 이건 사람 수만큼 준비할까요?

미도리 그렇게 하죠.

아라키 그리고 다음으로 팥밥, 혹은 도시락은 어떻게 하시겠

습니까?

지카라 그건 없어도 괜찮잖아?

미도리 요즘에는 별로 안 하잖아요.

아라키 지방에 따라서는 반드시 곁들여야 한다고 하시는 경우도 있어요. 그게 아니면 찹쌀떡이나 이쪽에 있는 만주가 어떻습니까?

미도리 아, 그 만주가 좋을 것 같은데.

지카라 이건 얼마죠?

아라키 600엔입니다.

지카라 좋군요. 그걸로 여든 개 준비해주세요. 그런데 이쪽에

있는 것은 '祝'이란 글자가 안 들어 있네요.

아라키 안 들어 있는 쪽은 400엔입니다. 크기도 좀 다르고요.

미도리 고민되네.

지카라 그렇지만, 평생에 한 번뿐이잖아.

아라키 그럼 600엔짜리 여든 개 (쓱쓱) …… 그다음 답례품은 어떻게 할까요?

지카라 그건 나중에 직접 보고 결정할 텐데, 우선 예산을 세워 봅시다.

아라키 2천5백, 3천, 3천5백 정도로 하십니다. 대충 그 정도에서……

미도리 그럼 중간이……면 되겠지?

지카라 음, 부부는 한 개면 되니까, 전부 칠십 개죠?

아라키 3천 엔이 (쓱쓱) 칠십 개, 그리고 보자기는 보통 수준으로 해도 되겠습니까?

지카라 그럼요.

아라키 보자기는 칠십 장 정도 있으면 될 겁니다, 답례품 개수만큼요. 케이크나 만주만 들고 가실 분들을 위해서는 따로 종이 봉투를 준비하거든요. 그럼 다음은 사진입니다.

미도리 휴우.

지카라 얘기만 하는데도 지치는군.

아라키 계속할까요.

미도리 네, 말씀하세요.

아라키 단체사진은 식이 끝난 후 모두 모여 찍는 사진입니다. 이건 필요하시죠. 컬러입니다. 그리고 두 분 사진. 결혼식 진행 중에 우치카케와 몬쓰키를 입으신 모습. 이것도 컬러로 하실 거죠. 그러고는 신부님 혼자서……

지카라 신랑 혼자 찍는 건 없습니까?

아라키 없지는 않습니다. 원하시는 분도 있으니까요. 그리고 옷을 갈아입으신 후에 후리소데와 몬쓰키 차림의 두 분 사진은 찍으시겠습니까?

지카라 찍죠.

아라키 신부님 혼자 후리소데 입으신 건?

미도리 그건 없어도 좋아요.

아라키 그러면 드레스와 턱시도 차림은 어떻게 하시렵니까?

지카라 난 안 찍어도 되는데.

미도리 나도.

아라키 네, 그러면…… 단체사진이 만8천 엔에, 그 외에는 각각 만5천 엔씩 세 장이니 전부 6만3천 엔이로군요. 자, 그리고 양친에게 꽃다발을 증정하는 순서가 있는데요.

지카라 그거 안 하면 안 됩니까?

아라키 글쎄요, 안 하셔도 상관은 없습니다만 다들 하십니다. 저희도 권하고요. 값이 문제가 아니고 역시 양가 부모님들께 감사의 마음을 담는다는 뜻에서……

지카라 흐음, 그럼 하죠, 남들처럼.

아라키 꽃다발 두 개. 그리고 어린이 들러리용 꽃다발은 어떻습니까? 어린이 들러리가 신랑 신부에게 꽃다발을 증정하는 건데요.

지카라 필요 없지 않을까?

미도리 필요 없어요.

아라키 다음은 신부의 부케인데요, 생화와 조화 두 가지가 있

습니다. 생화로 하시면 식이 끝난 후 친구분에게 드릴 수 있죠. 조화로 하시면 그대로 간직하실 수도 있고, 신방에다 장식하시는 분도 계십니다.

미도리 생화로 해주세요.

아라키 생화는 가격이 여러 가지 있습니다. 대충 만 엔에서 3만 엔 사이죠. 둥그런 모양과 밑으로 축 늘어지는 것과……

미도리 중간쯤으로 해서, 2만 엔 정도로……

아라키 네, (쓱쓱) 2만 엔으로 하고, 비디오는 어떻게 할까요? 예식과 피로연 장면이 들어가는데……

지카라 글쎄…… 뭐 평생에 한 번이니까 그것도 부탁드리죠.

아라키 피로연 비디오는 몇 시간짜리로 하시겠습니까?

미도리 적당히 콤팩트하게 하는 게 좋지 않을까?

지카라 그러지 뭐.

아라키 네, 그럼 중요 부분만 찍어서 90분 정도 필요하겠군요. 축사도 찍어야 하겠고, 입장, 캔들 서비스도……

지카라 그렇게 하죠, 그러면 얼마?

아라키 6만 엔입니다. 그리고 테이블에 이름표를 세워놓습니다만, 이건 사람 수대로 필요하니까 한 장에 100엔씩 여든 명 분이 되겠군요. 그리고 방명록. 세트로 되어 싸게는 2천8백 엔짜리부터 있습니다. 축전첩과 회장에서 돌리는 축하 메시지 판이

세트로 되어 있어요.

지카라 음, 그러면 3천3백 엔짜리로 부탁합니다.

아라키 예, (쓱쓱) 나머지는 신부님 시중비가 8천 엔. 뭐 이 정도로군요, 의상을 별도로 하면.

지카라 지금까지 전부 합하면 얼마나 됩니까?

아라키 잠시 기다려주십시오.

탁탁(계산기 소리), 탁탁탁, 탁, 탁탁……

아라키 지금까지 합계가 2,053,460엔입니다.

이런 식으로 이후로도 하염없이 계속되는데, 도무지 끝이 나지 않아 생략. 결국 별표(다음 페이지)와 같이 계산이 나왔습니다.

그리하여 두 사람은 무사히 결혼했습니다.

어휴.

스즈키 · 누마즈 양가의 혼례 견적서
〔요리 10,000엔 · 인원 80+2명〕

항목		단가(엔)	수량	금액(엔)
1 피로연	○ 요리	10,000	80	800,000
	○ 어린이 요리	2,500	2	5,000
	○ 음료(A세트)	1,600	80	128,000
	○ 음료(위스키)	6,600	3	19,800
	○ 피로연 좌석료	500	80	40,000
	○ 대기실료			6,000
	○ 프로 사회자			40,000
	○ 장식꽃(메인)			50,000
	○ 장식꽃(테이블)	3,000	10	30,000
	○ 메모리얼 캔들			8,000
	○ 연출효과료			55,000
	웨딩케이크	400	82	32,800
	증정용 꽃다발	3,000	2	6,000
	방명록 세트			3,300
	이름표	100	80	(서비스)
	청첩장	360	70	25,200
	좌석표	500	70	35,000
	세금 ○ 표 합계×10%			118,180
	서비스료 ○ 표 합계×10%			118,180
소계				1,520,460
2 예식 · 사진 · VTR	예식료			35,000
	시중비			8,000
	결혼반지			
	사진 전체			18,000
	예복 2人			15,000
	예복 신부 1人			15,000
	옷 갈아입고 2人			15,000
	옷 갈아입고 신부 1人			
	예식 비디오			60,000
	피로연 비디오			
소계				166,000
3 답례품	답례품	3,000	70	210,000
	과자(홍백 만주)	600	80	48,000
	디저트			
	보자기	400	70	28,000
소계				286,000
4 의상 · 화장 · 치장	우치카케 · 웨딩드레스			400,000
	후리소데			70,000
	드레스			100,000
	몬쓰키 · 턱시도			80,000
	신부 치장			53,000
	신랑 치장			8,000
	머리 장식			
	부케			20,000
소계				731,000
합계				2,703,460

* 표 안의 숫자와 그 밖의 내용은 현행 요금 등과 반드시 일치하지는 않습니다.

지우개 공장의 비밀

래빗

나는 직업상 지우개를 자주 사용한다. 각 공정별로 내가 사용하는 문구의 목록을 작성해보면 이렇다.

①집필(만년필, 잉크)

②원고 수정(포스카 사인펜, 톰보 MONO BALL)

③교정쇄 교정(연필, 지우개)

이렇게 둘씩 나란히 세워놓고 보니 무슨 개그콤비 같군요.

연필 어이! 이봐 자네, 여긴 이렇게 해야지.

지우개 글쎄, 아닌 것 같은데.

연필 그런가. 그러고 보니 그런 것 같기도 하고. 이렇게 해야 맞나? 사각사각.

지우개 아니라니까, 쓱싹쓱싹.

연필 자네도 참 끈질기군. 이봐! 이러면 어때. 사각사각.

지우개 거기는 대충 됐는데, 여기가 틀렸어. 쓱싹쓱싹.

연필 아하, 그런 실수를. 사각사각.

뭐 이렇게 말이죠. 이런 생각을 하며 교정쇄를 손보고 있노라면 별로 싫증이 나지 않는다. 흥미가 돋는 분께선 한번 시험해보시길.

음, 농담은 그만하고, 대개 어느 회사의 책상 위에든 어느 공부방의 책상 위에든 한 개쯤은 굴러다니는—있어도 거의 눈에 띄지 않지만 없으면 상당히 불편한—지우개는 어디서 어떻게 만들어지는 걸까, 이것이 바로 이번 장의 주제다. 아마도 이 책에서 다루는 상품 중에서 가장 값이 싼 품목일 것이다.

그러나 어떻게 보면 이렇게 값싼 일용품을 만드는 공장이야말로 공장 견학의 왕도이자 표준이라 할 수 있을지도 모르겠다. '심플한 공정→대량 생산'이라는 가식 없는 공장이 대체 어떻게 생겼는지 이쯤에서 파악해둘 필요가 있다. 인체모형이니 다마히메 전이니 콤데가르송이니 하는 재미있는 것, 눈에 띄는 것에만 눈길을 빼앗겨서는 안 된다.

지우개 그러니까 그게 틀렸다는 거야. 쓱싹쓱싹.

연필 알고 있어, 제대로 할 거라니까. 사각사각.

그리하여 진지한 지우개 공장으로 갑니다.

우리가 방문한 '래빗 지우개' 공장은 나라현 야마토고리야마시 교외에 조성된 광대한 공업단지의 한 구획에 있다. '래빗'의 부지만 3천7백 평이니까 언뜻 보기에도 널찍한 곳이다.

'래빗'은 1965년에 오사카에 있던 공장을 이쪽으로 옮겨 조업하고 있다. 나라현에는 산업이라 할 만한 게 거의 없으므로(솔직히 바로 그게 나라의 장점이지만) 현縣 당국이 적극적으로 나서 더 넓은 자리가 필요해진 대도시 근교의 회사나 공장을 유치한 것이다. 그런 연유로 '래빗' 옆이 '하우스 식품'이고 뒤편이 '마쓰시타 전기'인 식이라 흥미롭다면 제법 흥미로운 곳이다. 이런 곳을 자동차로 빙 돌아보면 세상에는 참 별의별 공장이 다 있구나 싶어 묘한 감동이 느껴지기도 한다.

하긴 세상에는 갖가지 물건이 철철 넘쳐흐르니 그것들을 만드는 공장도 많은 게 당연하다면 당연하겠지만, 최근 대도시 — 특히 도쿄 — 에서는 큰 공장을 거의 볼 수 없기 때문에, 도시 한가운데에서 살다보면 세상이 오로지 소비 중심으로 돌아가고 있는 듯한 착각에 사로잡히고 만다. 이런 현상은 과거 1950년대 말에서 60년대에 걸쳐 도시 근교에서 전답이 모습을 감추게 된 과정과 유사하다. 머잖아 도쿄의 어린이는 공장에 견학을 가고 싶어도 갈 수 없는 상황에 몰릴지도 모르겠다.

그건 그렇고 '래빗'은 지우개만 전문적으로 만드는 회사인데, 이와 같이 자사 브랜드의 지우개를 만들어 출하하는 대규모 회사는 전국에 네 곳 정도라고 한다. 그 밖에도 몇몇 완구 회사의 하청을 받아 제조하는 회사가 있지만 소위 '브랜드'는 이 네 회사에 한정되어 있다. 이렇게 말해도 넷이란 숫자가 많은 것인지 적은 것인지 모르시겠죠? 나도 잘 모른다. 1억1천만 일본 국민의 연간 지우개 소비량이 대체 어느 정도이며 어느 정도의 지우개가 공급되고 있는지 짐작도 할 수 없고, 생각만 해도 머리가 지끈거린다. 그러니까 대규모 지우개 회사 네 개가 병립하며 각기 조업을 하고 그에 타당한 수익을 올리고 있다는 사실도 '그냥 그런 건가보다' 하고 받아들이는 수밖에 없을 듯하다. 이 '래빗' 공장에서는 하루에 대충 35만에서 40만 개의 지우개를 만든다고 하니까, 그다음은 여러분께서 적당히 계산해 상상해보세요.

【지우개 공장의 비밀】

과연 지우개 공장에 비밀이 있는가? 물론 있다. 원료를 혼합하는 비밀도 중요한 기밀이고, 기술 혁신은 각 회사의 사활이 걸린 문제다. 그런 까닭에 우리가 취재하는 동안에도 "이 제품 이름은 쓰지 마십시오"라든가 "이건 대외적으로 알릴 수 없는 부분이라서"라는 말을 간간이 들었다. 보통 '지우개 공장'이라고 하면 그저 고무를 적당한 크기로 싹둑 썰어 '한 개 완성!' 하는 식의, 아주 단순하며 전후 민주주의처럼 낙천적인 공장을 떠올리기 쉬운데, 세상사는 그렇게 간단하지만은 않다. 이 세상은 몹시 복잡하게 움직이고 있는 것이다.

바로 이 점이 우리의 첫번째 오산이었다.

요컨대 '실제로 가서 보고 설명을 들으면 지우개 공장의 구조쯤 쉽사리 알 수 있겠지' 하고 얕잡아 보았다가 보기 좋게 뒤통수를 얻어맞은 꼴이 된 것이다. 게다가 나와 미즈마루 씨는 물론이고 편집자 미도리 씨도 물리나 화학 방면에는 압도적으로 무식해서, 설명을 들으면 들을수록 '무슨 소리야, 대체?' 하며 어두운 늪 속으로 빠져들고 말았다. 미즈마루 씨는 그래도 '나는 그림만 그리면 끝인걸, 나머지는 몰라도 돼' 하고 나 몰라라 할 수 있지만, 나와 미도리 씨의 얼굴은 거의 창백하다.

"나 이런 거 모르는데."

"정말 어떻게 하죠, 흑흑."

애당초 '고무지우개 공장'이라는 인식 자체가 잘못되었다. 왜냐하면 이 공장에서 만들어내는 지우개의 85퍼센트는 플라스틱 제품이니 이미 고무지우개라고 부를 수 없기 때문이다. 정확하게 말해 영어로는 eraser, 일본어로는 그냥 '지우개'라고 해야 할 것이다.

"참 난감하군요, 고무가 아니라니."

더구나 15퍼센트로 대폭 감소된 고무지우개에도 천연고무는 눈곱만큼밖에 들어 있지 않다고 한다. 거의 전부가 합성고무인 것이다.

"이거 큰일인데, 합성이라니."

그러니까 고무지우개에 포함된 고무의 양이란 불과 전체의 10퍼센트에 지나지 않고, 나머지 90퍼센트는 고무를 밀착시키고 굳히는 약품이란다.

미도리 흑흑.

하루키 자, 울지 말고 설명을 듣자고요.

래빗 우선 채종유菜種油라는 게 있는데, 이것에 염화황이라는 액체를 넣어 연쇄반응을 일으켜 굳힌 후, 그것을 분쇄합니다. 그게 50퍼센트 정도 들어가 있지요.

하루키 흐음.

미도리 흑흑.

래빗 염화황 속의 황과 채종유의 분자를 연결시켜서, 분자를 쭉 이어지게 해서 고체로 만드는 셈이죠. 그리고 그것을 이렇게 분쇄한 것이 부재료인 겁니다.

하루키 비지 같군요.

래빗 그다음은…… 이게 ×××(대외비), 광물유鑛物油의 일종입니다. 아무튼 여기에 있는 재료만 약 서른 종류인데요, 이것들을 갈아서 전부 뒤섞는 겁니다.

하루키 흐음.

미도리 흑흑.

래빗 고무란 바로 이런 것이죠. 즉 섬유상태로 되어 있는 것을 물리적으로 끊어주는 것입니다. 그리고 그 섬유를 황으로 연결하는 것이죠. 이쪽도 이렇게 연결해주고, 이런 식으로 죽 연결해요. 온도를 가령 100도 정도로 올려주면 물컹하고 부드러워져서 원래대로 돌아갈 수 없게 됩니다만, 황으로 간단히 연결할 수 있어요.

하루키 ……

래빗 제일 처음에는 황만으로 고무 분자를 연결했습니다. 그런데 그런 경우에는 생고무가 100이라면 황을 10 정도 넣고도 두 시간은 지나야 굳었던 겁니다. 그래서 촉진제, 즉 연결작용을 빠르게 하는 약을 넣은 것이죠. 그 약품이 1퍼센트 정도의 비율로 들어가 있습니다. 그 밖에도 탄산칼슘이라는 게 있어요. 알기 쉽게 말하면 돌가루입니다. 저기 누르스름한 건 황이고요. 그 밖에 아연화라든가 석회가 들어가는데, 이것들은 아까 말씀드린 촉진작용을 보조하는 역할을 하죠. 그러니까 이 세 가지가 안 들어가면 가황加黃이 되질 않아요. 이십 분, 삼십 분이란 짧은 시간에는 가황이 안 된다는 뜻입니다.

하루키 네에.

대답은 그렇게 했지만 그런 설명이 이해될 리가 없다. 자랑할 건 못 되나 나는 고등학교 화학 시간에 줄곧 가와데쇼보 출판사에서 나온 세계문학전집을 독파하느라 여념이 없었다. 설마 소설가가 되어 지우개를 만드는 방법에 대한 강의를 듣게 되리라곤 상상도 못했던 것이다.

여튼 정신을 가다듬고 간단하게 총괄해보자. 이해를 단순화하기 위해 '플라스틱지우개'는 일절 생각하지 않기로 하고, 합성고무를 사용한 '고무지우개=지우개'에 관해서만 고찰해보기로 한다. 지금까지 윤곽이 드러난 것은 이 정도다.

①합성고무, 천연고무, 그 밖의 여러 가지 약품을 뒤죽박죽 섞는다(구체적으로 어떤 것을 배합하는지는 비밀).

②그것을 황으로 연결한다.

③지우개가 완성된다.

플라스틱지우개는 이것과는 제조 원리가 전혀 다르고 공장 건물도 떨어져 있거니와 기계도 완전히 별개이므로 귀찮아서 다루지 않겠습니다. '아니, 난 아무래도 플라스틱지우개에 관해

래빗 고무지우개 공장의 풍경 (정면에서)

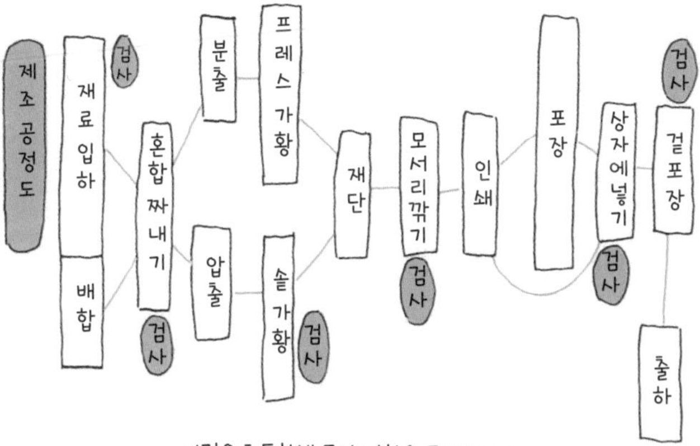

이것은 초등학생 공장 견학용 공정입니다

알고 싶은데' 하시는 분께선 상당히 죄송하지만 직접 야마토고리야마시에 가셔서 견학을 하십시오.

"멍청이라 역시 한 가지밖에 모르는군, 사각사각."

"뭐 그렇게 정색할 것 없잖아, 쓱싹쓱싹."

이렇게 혼자 개그를 즐기며 드디어 실제 공장 견학으로 들어간다. 사전에 금속 탐지기로 무기류를 소지하고 있지 않은지 확인을 받고, 방사능 차단복을 입은 후…… 하는 일은 없었다. 그저 느긋한 기분으로 공장 안으로 발을 내디딘다. 만드는 물건이 평화로운 것이니 보는 사람도 보여주는 사람도 그다지 신경을 곤두세우지 않는다. 초등학교 시절 이따금 학교에서 가던 공장 견학이 떠올라 제법 신이 나기도 했다. 실제로 이 '래빗' 공장에는 초등학생들이 종종 견학하러 온다고 한다. 그런데 설마 나보다 초등학생들이 원리를 더 잘 이해한다거나 하진 않겠죠, 흑흑.

실내가 환하다. 널찍하고 천장이 높고 창문도 큼직하다. 넓이에 비해 일하고 있는 사람이 적어 꽤 썰렁한 인상마저 풍긴다. 만약 그대가 이 지우개 공장에서 〈플래시댄스〉의 첫 장면 같은 광경을 기대한다면 그것은 큰 실수다. 지우개 공장에는 숨이 막힐 듯한 열기도 없고, 귀가 멍해지는 기계 소리도 없고, "야야, 가로막지 말고 저리 비켜" 하는 거친 고함 소리도 없다. 저쪽에서는 카당카당 어설픈 소리가 나고, 이쪽에서는 누군가가 깨나

른한 표정으로 고무를 자르고, 컨베이어벨트가 꾸물꾸물 돌아가는 식이다. 일견 '불경기라 조업을 삼분의 일로 단축한 건 아닌가' 하고 염려스러워질 정도지만 딱히 그런 것은 아니다. 지우개 공장이란 성실하게 조업을 하고 있어도 늘 이런 식인 것이다. 아마 열심히 일해도 그다지 눈에 뜨이지 않는 유의 공장인 모양이다. 고등학교 때 같은 반에도 이런 타입의 애들이 몇 명 있었던 것 같다.

입구 근처에는 재료 창고가 있는데, 각종 고무와 약품이 쌓여 있어 특유의 강한 냄새가 난다. 그것들을 한꺼번에 뒤섞는 것이 1단계인 셈입니다.

"그렇습니다. 이 재료들을 배합표에 준해 정확하게 무게를 측정하고, 이 밴버리 믹서라는 기계에 넣어 반죽하는 거죠. 재료는 차례대로 넣습니다. 잘못해서 차례를 뒤바꾸거나 해서는 안 됩니다."

밴버리 믹서라는 기계가 어떤 것인지 잘은 모르겠지만 아무튼 생긴 건 소각로 같기도 하고 증기기관 같기도 한 멋대가리 없는 기계인데, 나는 그런대로 좋은 인상을 받았다. "내가 밴버리야요"라고 말하는 듯한 꾸밈새 없는 순박함이 느껴진다. 내 쪽도 "열심히 하게나" 하고 말을 걸어볼까 싶다……

……

아무튼 이 밴버리 믹서로 배합해서 반죽한다는 것까지는 이해되시죠? 그다음 반죽한 것을 '두 줄 롤'이란 기계에 돌립니다. '두 줄 롤'이란 즉 고무를 두 롤 사이에 넣고 납작한 시트 형태로 만들어내는 기계다. 먼 옛날, 탈수장치가 없던 시절 전기세탁기에 손으로 돌려 물을 짜내는 롤 장치가 달려 있었죠. 바로 그것과 마찬가지 원리입니다.

"밴버리 믹서로 반죽한 고무에는 잘 섞인 부분도 있고 그렇지 못한 부분도 있어서, 그 덩어리를 이 롤에 넣어 균일하게 펴고, 그다음 공정이 수월하도록 시트 상태로 만들어 적당한 크기로 둘둘 말아두는 것입니다."

고무가 밀려나오는 곳 앞에는 한 손에 칼을 쥔 아저씨가 서서, 롤에서 빠져나온 시트를 적당한 길이로 싹둑 잘라 카펫처럼 둘둘 만다. 솜씨가 노련하여 보고 있으려니 자못 흥미롭다. 이렇게 눈으로 봐서 이해할 수 있는 작업을 접하니 나도 안심이 된다.

"온도가 70도 정도예요. 여름철엔 제법 덥죠."

이렇게 해서 반죽된 고무는 시트가 되었습니다. 여기까지도 이해되시죠? 그 시트는 여기서 한숨 돌리며 하루 동안 그대로 방치된다. 울퉁불퉁한 것을 없애기 위한 자연 방치다. 그러나 이것으로 반죽이 끝나는 건 아니다. 다시 한번 믹싱 롤이라는 기계로 반죽한다. 고무도 참 힘들겠군요, 뒤죽박죽 섞인데다 죽 눌려

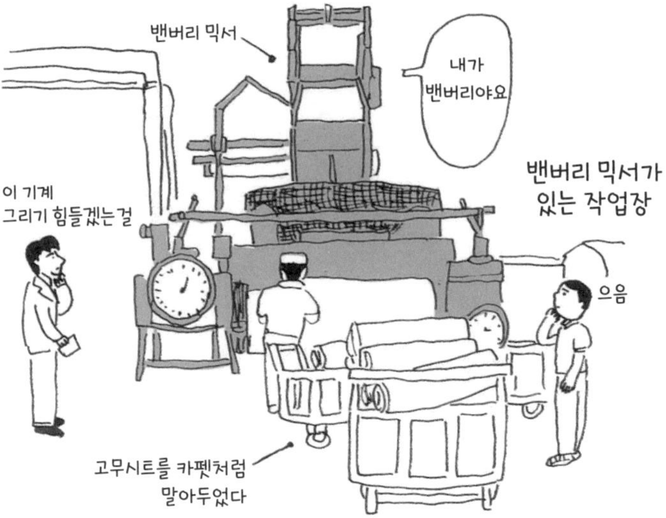
밴버리 믹서가
있는 작업장
밴버리 믹서
내가
밴버리야요
이 기계
그리기 힘들겠는걸
으음
고무시트를 카펫처럼
말아두었다

밀려나온 고무시트를
능숙하게 잘라낸다
커터
안내인은
이런 복장이었다
마크
마크
이름

펴졌다가, 이제 겨우 한숨을 돌리는가 싶더니 또다시 뒤섞여야 하니까. 그다음에 분출기라는 기계에 들어가, 지우개의 두께를 지닌 납작한 떡 같은 시트로 다시 환생하는 것이다.

좀더 세세한 설명을 들은 것 같은데 나도 무슨 소린지 잘 모르겠으니 생략한다. 좌우지간 이것으로 '원료를 뒤섞고 반죽하는' 1단계가 무사히 종료되었다. 좀 이상한 예지만 '여자에게 술을 먹여 호텔로 데려가서는 침대에 누이고, 불을 끄는' 단계까지 온 셈이다. 이제 얼마 남지 않았으니까, 화학에 약한 분들도 힘내세요.

(복습)

ⓐ밴버리 믹서(섞는다)

ⓑ두 줄 롤(편다)

ⓒ믹싱 롤(다시 섞는다)

ⓓ분출기(형태를 잡는다)

여기까지는 정리가 됐죠? 그나저나 몹시 힘들군요, 이렇게 정리하는것도.

그다음은 2단계 '가황' 공정으로 들어갑니다.

분출기에서 나온 납작한 떡 같은 고무시트는, 마치 쿠키를 만들 때 쓰는 것처럼 넓적한 틀 속에 들어가 얌전히 때를 기다린다. 막 찧어낸 찹쌀떡처럼 몰랑몰랑하고 부드럽다. 무즙 같은 것에다 찍어 먹으면 맛있지 않을까 싶을 정도지만, 물론 실제로 맛있을 리는 없고, 아직은 너무 물컹거려 지우개로 사용할 수도 없다. 그래서 이걸 적당히 딱딱하게 만드는 게 이 가황 공정의 역할이다. 알기 쉽게 설명하면 — 알기 쉽게 설명하려면 늘 비속한 방향으로 흘러가고 마는 게 제 글의 난점입니다만 — 딱딱해지면 이쪽의 승리인 거죠.

구체적으로 어떻게 굳히는가 하면, 가황솥이라는 기계 안에 고무시트를 던져넣고 뚜껑을 닫은 후 솥에다 증기를 쏘여 간접적으로 열을 가한다. 그 과정을 프레스 가황이라 부른다.

하루키 증기를 쏘이는 것만으로 충분합니까?

래빗 네, 그렇습니다. 황은 이미 배합 단계에 들어가 있으니까, 열을 가하면 3차원 구조를 취하며 굳습니다. 온도는 재료에 따라 조금씩 차이가 납니다만, 대충 130도에서 150도 사이죠. 그러면, 보세요, 이런 식으로 딱딱해지는 거죠. 그렇게 물컹물컹하던 게요.

하루키 네에.

한 가지 설명을 덧붙이면 ① [분출] → [프레스 가황] 공정과 병행해서, ② [압출] → [직접 가황]이란 공정도 있는데, 아까도 얘기했듯 복잡함을 피하기 위해 생략하겠습니다. 대략 ①은 오서독스한 지우개를, ②는 특수한 형태의 지우개를 만드는 공정이라고 생각하시면 되리라고 봅니다.

가황솥이라고 하면 무슨 거창한 장치를 상상할지도 모르겠으나, 실제로는 5단 프레스기라는, 꼭 튀긴 두부를 만들어내는 것 같은 비교적 소박한 기계가 슉슉 소리를 낼 따름이다. 그러나 이 기계가 60센티미터×60센티미터의 지우개 시트를 하루에만 2천에서 3천 상자 정도 생산한다고 하니, 겉보기보다는 굉장한 것인지도 모르겠다. 세부적인 것은 회사의 비밀 사항이라고 한다. 정말 겉만 보면 튀긴 두부를 만들어내는 기계 같은데 말이다.

가황 단계를 거친 고무시트는 컨베이어벨트로 운반되어 물속을 통과하며 냉각된다.

하루키 겉만 살짝 익힌 가다랑어 요리를 만드는 것과 똑같은 순서로군요. 이렇게 해서 일단 지우개가 완성된 셈이죠?

래빗 아닙니다. 이제부터 양생이라는 단계로 들어갑니다.

하루키 양생?

래빗 양생養生, 즉 휴양입니다. 하룻밤이면 하룻밤 푹 쉬게 해야 형태가 잡혀요. 고무를 차분하게 식혀서 일정한 크기로 자리잡게 하는 것이죠.

비과학적인 두뇌를 지닌 나 같은 인간도 그런 과정은 잘 이해할 수 있을 것 같다. 지우개도 오늘 하루 힘겨웠던 것이다. 이리저리 치대지기도 하고, 펼쳐지기도 하고, 150도나 되는 증기를 맞기도 하고, 물속을 헤엄치기도 했으니, 지칠 대로 지쳐 축 늘어졌을 것이다. 그러니 그들이 "우린 이만 잘 테니까 나머지 일은 알아서들 하시라고" 하고 이불을 덮어쓰고 잠에 빠진다 한들 누가 비난할 수 있을까? 공장 한구석에서는 '우린 이제 잘 테니까' 고무시트들이 겹겹이 쌓여 최후의 잠을 만끽하고 있다. 그 중에는 "나, 아직 몸속에 열기가 남아 있어서 잠이 잘 안 와"라고 섹시한 말을 하는 시트가 한 장쯤 있을지도 모르겠지만, 지우개의 심정까지는 나도 잘 헤아리지 못하겠습니다. 아무튼 그런 지우개가 산적해 있다.

자고 싶어하는 시트들은 편히 재우고, 우리는 벌써 양생을 끝낸, 즉 '아, 잘 잤다' 고무시트가 거치는 마지막 공정을 살펴보기로 한다.

하루키 시트를 자잘하게 잘라야겠군요?

래빗 그렇습니다. 지금 보고 계시는 것은 모래지우개(잉크용과 연필용으로 나뉜 2색 지우개)인데, 저런 식으로 우선 기계로 비스듬하게 자르죠. 그러고 나서 두께를 일정하게 하기 위해 양쪽을 그라인더로 갑니다. 그렇게 해서 두께가 고르게 되면 이 기계, 즉 자동재단기로 조그맣게 자르죠. 그리고 이쪽에서는 크기가 작은 것이나 비틀어진 것들을 추려냅니다.

하루키 꽤 많이 추려지는군요.

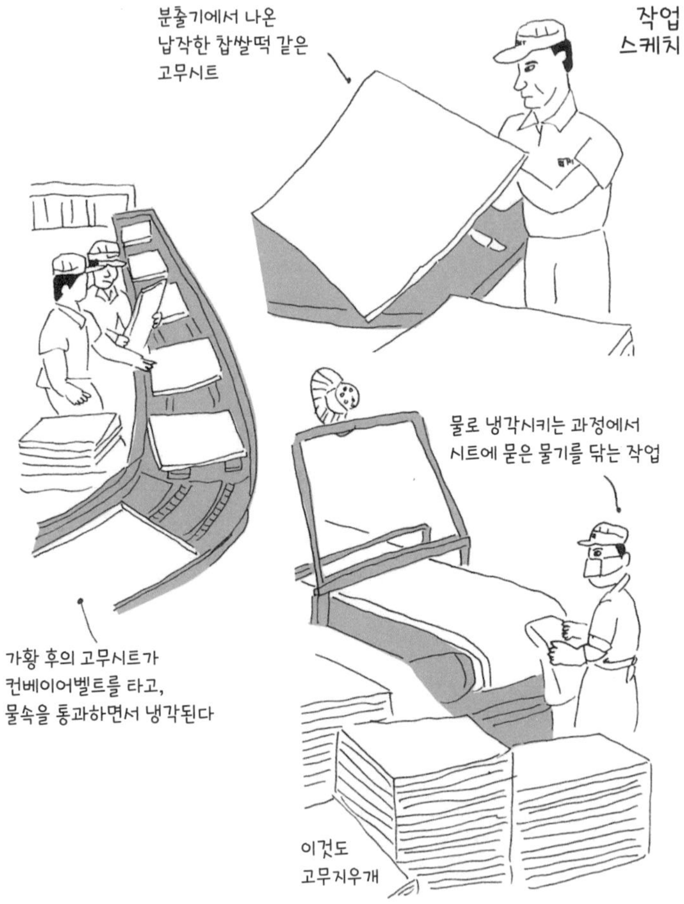
작업
스케치
분출기에서 나온
납작한 찹쌀떡 같은
고무시트
물로 냉각시키는 과정에서
시트에 묻은 물기를 닦는 작업
가황 후의 고무시트가
컨베이어벨트를 타고,
물속을 통과하면서 냉각된다
이것도
고무지우개

모서리 둥글리는 기계를 취재하는 무라카미와 미즈마루

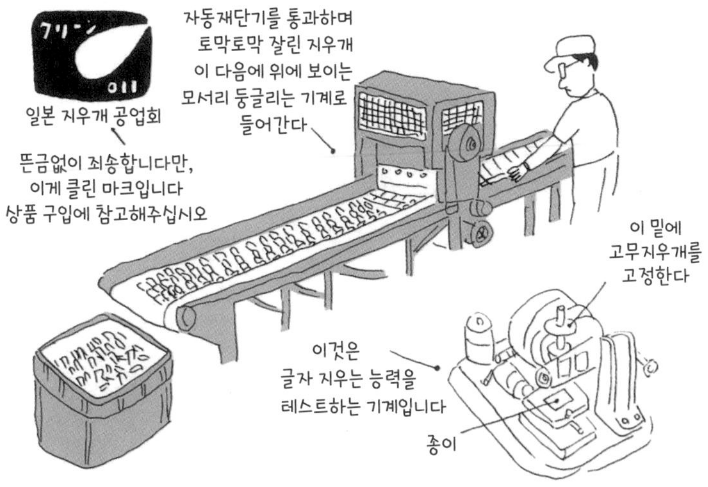

래빗 연결 부분은 아무래도 그렇습니다. 그러니까 저런 것들을 회수해서 재활용하지 않으면 단가를 맞추기가 어렵죠.

그다음은 모서리를 둥글리는 과정이 남아 있다. 막 재단되어 나온 지우개는 모서리가 칼날처럼 날카로운 예각을 이루고 있으므로 그 각진 부분을 약간 둥글리는 것이다. 나는 이 기계에 개인적으로 '하긴 뭐 아저씨'라는 이름을 붙였다. "하긴 뭐, 자네들 기분을 모르는 건 아니지만, 이 자리에선 이렇게 원만하게 수습하는 게 좋지 않겠어? 어때" 하고 류 지슈*처럼 다독거리는 것이다. 아직 젊어서 혈기왕성한 지우개도 "아저씨가 그렇게 말씀하신다면야 할 수 없지" 하고 수긍하고 마니, 과연 인덕이란 무시할 수 없다.

'하긴 뭐 아저씨'는 지극히 단순한 기계로, 지우개를 안에 집어넣고 빙글빙글 돌리기만 하면 끝이다. 빙글빙글 도는 사이에 지우개가 사방 벽에 콩콩 부딪치며, 자연히 모서리가 둥글어지는 것이다.

하루키 거참 신기하군요.

래빗 네, 상류에 있던 돌이 하류로 가면 둥그스름해지는 것과 마찬가지 원리입니다.

---

* 영화배우. 오즈 야스지로 감독의 작품에서 주로 소탈한 서민 역할을 맡았다.

하루키 몇 분 정도 돌립니까?

래빗 종류에 따라 다르지만, 다섯 시간 정도 돌리는 경우도 있습니다. 이 기계는 둘레가 이렇게 철망으로 돼 있는데 저쪽 기계는 나무로 되어 있어요. 각기 깎아내는 방식이 다르거든요. 잉크를 지우는 지우개는 고무가 딱딱해서 단단한 철망을 사용해야 해요. 연필용처럼 부드러운 지우개는 나무 기계로 돌리죠.

아마 나 같은 사람은 철망 쪽에 던져지지 않을까 싶다. 다섯 시간 정도 빙빙 돌다가 모난 부분이 싹 깎여 나와서는 버라이어티쇼에 출연해 농담을 해댄다거나 말이죠. 아무려나 상관없는 일이지만.

이렇게 '하긴 뭐 아저씨'를 거쳐 완성품이 된 지우개를 다른 건물로 옮겨 마크를 인쇄하고 셀로판지로 포장해서 상자에 차곡차곡 쌓습니다.

하루키 꼭 일일이 셀로판지로 포장을 해야 합니까?

래빗 글쎄요, 과대포장 같긴 하지만, 어린이들이 문방구에서 이리저리 만져대니까요. 소매점 쪽에서는 한번 더러워진 것은 상품 가치가 없어지죠. 그 방지책이기도 합니다.

하루키 그런데 이렇게 알고 보니 실제로 고무는 조금밖에 없고, 거의 플라스틱 제품인 셈이군요.

래빗 맞습니다. 국내에서는 이제 고무 제품이 거의 생산되지 않아요. 모래지우개 정도뿐이죠. 이쪽에 죽 늘어서 있는 게 바로 고무용 인쇄기인데, 겨우 한 대인데다가 거의 가동을 안 하는 날도 있습니다. 그에 반해 이쪽 플라스틱용은 매일 풀가동되는 상황이고요.

격세지감은 세상에 흔한 일이지만, 가만히 움직임을 멈춘 고무지우개용 인쇄기가 왠지 쓸쓸해 보였다. 우리가 보고 온 고무지우개 공장만 해도 다른 건물의 플라스틱지우개 공장에 비해 역시 활기가 떨어졌다. 고무지우개 기운 내세요……라고 한들, 나도 결국 집에서는 플라스틱지우개를 쓰고 있군요.

그런데 격세지감으로 말하자면, 한때 유행했던 캐릭터 지우개의 불길도 지금은 가라앉아 전통적인 모양의 지우개가 다시금 주류를 이루게 되었다고 한다. '래빗'은 그쪽에는 일절 손을 대지 않고 오로지 정통파 노선을 밟는 방침이었기 때문에 유행에 따른 피해는 없다. 정통파 노선이란 ① 지우개답지 않게 부자연스러운 모양으로 만들지 않는다. ② 과도한 향기를 풍기지 않는다. ③ 음식물을 모방한 냄새나 형태를 취하지 않는다라는 것인데, 정말 일리가 있다고 나는 생각한다. 만약 바나나 향을 풍기는 바나나 모양 지우개가 있다면 어린아이들은 반드시 깨물어버릴 것이다. 어린이는 물론이고 하물며 나도 깨물지 모르겠다. 가다랑어 모양에 그 냄새를 풍기는 지우개가 있다면 분명히

삼켜버릴 것이다.

그래서 '래빗'의 카탈로그에는 아주 평범한 상품밖에 실려 있지 않은데, 나 같은 사람이 보기에는 국내용보다도 수출용 카탈로그에 있는 지우개 쪽이 훨씬 심플하고 매력적이다. 외국에서는 예부터 사용하던 심플한 지우개가 아직 환영받고 있는 모양이다. 그런 걸 보면 나이 탓인지 문득 '아, 좋다, 이런 게 진짜 지우개지' 하는 생각이 든다. 특히 미국 같은 경우는 문구류를 교과서와 함께 학생들에게 무상으로 지급하므로, 가능한 한 심플하고 튼튼한 것이 필요한 듯하다.

내가 가장 마음에 들었던 것은 동남아시아 수출용으로 생산된 '알파벳 지우개'로, 플라스틱지우개임에도 그림이 옛날풍이라 아주 귀여웠다. 예를 들어 A에는 비행기 그림이 그려져 있고 Z에는 얼룩말 그림이 그려져 있다. 그런 게 알파벳 수만큼 있는 것이다. 이런 상품은 국내에서도 제법 팔리지 않을까 싶은데.

이렇게 지우개가 생산되기까지의 과정을 필사적으로 추적해 보았는데, 이 공장을 견학하고 나서 제일 먼저 떠오른 생각은, 처음에도 말했듯 세상이 점점 우리가 이해할 수 없는 방향으로 나아가고 있다는 것이다.

지우개처럼 사용자가 그 구조적 특성을 거의 신경쓰지 않는 단순한 제품조차 요 몇 년 사이에 제조 공정이 드라마틱하게 변

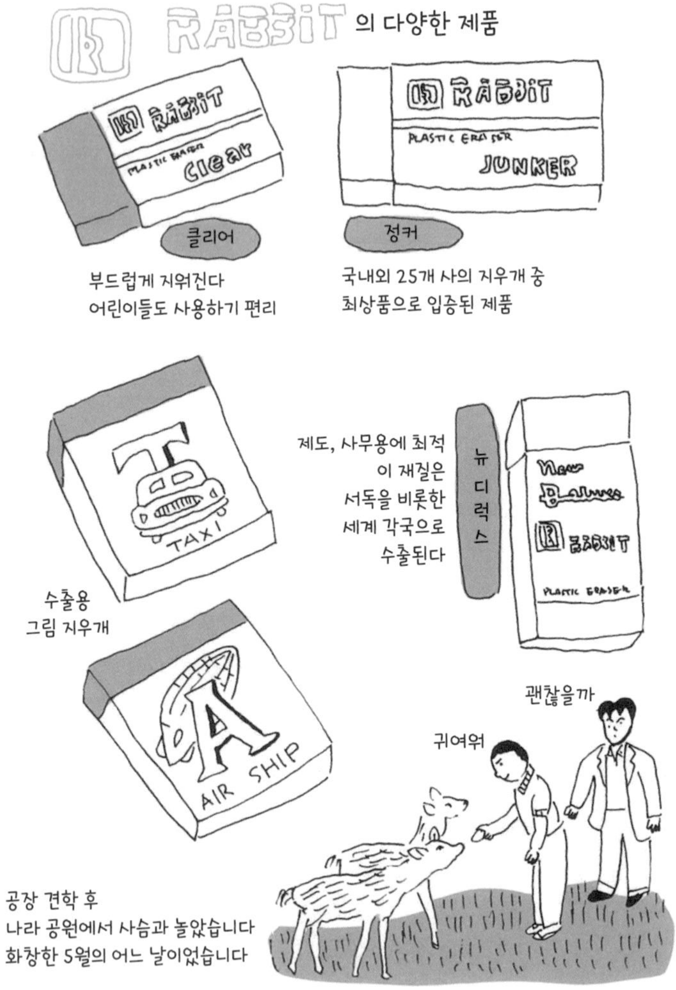
RABBIT 의 다양한 제품
RABBIT
PLASTIC ERASER
clear
클리어
부드럽게 지워진다
어린이들도 사용하기 편리
RABBIT
PLASTIC ERASER
JUNKER
정커
국내외 25개 사의 지우개 중
최상품으로 입증된 제품
T
TAXI
수출용
그림 지우개
A
AIR SHIP
제도, 사무용에 최적
이 재질은
서독을 비롯한
세계 각국으로
수출된다
뉴 디럭스
New
RABBIT
PLASTIC ERASER
괜찮을까
귀여워
공장 견학 후
나라 공원에서 사슴과 놀았습니다
화창한 5월의 어느 날이었습니다

환되었고 기계 역시 세대교체를 거듭하여 '고무지우개'란 명칭마저 와해되기에 이르렀다. 그리고 이러한 흐름은 앞으로도 계속될 것이다. 만성적 엔고는 수출용 지우개에도 상당한 타격을 주고 있고, 공장도 합리화의 일환으로 LSI를 이용한 새로운 시스템으로의 전향을 꾀하고 있다. 그리하여 머잖아 지우개 공장도 내가 그 구조를 전혀 이해할 수 없는 블랙박스처럼 변할지 모르겠다. 그리고 그때는 '공장 견학'이란 말 자체가 없어질지도 모른다.

그러나 다행스럽게도 1986년 5월 단계에서는 그럭저럭 지우개의 생산 과정을 이해할 수 있었다. 국내에서는 이제 거의 소비되지 않는, 시대에 뒤떨어진 고무지우개가 만들어지기까지의 과정을…… 독자 여러분께서도 이해하셨는지요?

○

경제동물의 오후

●

고이와이 농장

음, 이제 슬슬 날씨도 좋아졌고(지금은 6월 초순입니다) 어디 목장에나 가서 우유가 만들어지는 과정을 취재해보는 것도 좋지 않을까요? 좋죠. 이런 비교적 가벼운 기분으로 우리는 이와테현 모리오카시 교외에 있는 고이와이 농장을 찾았는데, 당연히 우리와 비슷한 생각을 하는 사람들이 세상에 한가득 있는 터라 농장 쪽도 견학자를 다루는 솜씨가 제법 능란하다.

'고이와이 농장'의 도쿄 본사로 취재 요청을 했더니, "농장을 방문하기 전에 우선 이걸 보시고 대략적인 사항을 파악해주십시오"라며 비디오테이프 두 개와 책 두 권 등의 자료를 선뜻 내준다. 비디오는 NHK에서 방영한 취재 프로그램을 녹화한 것이고, 책은 『초록 목장의 노래 — 고이와이 농장 이야기』(쇼가쿠칸

논픽션 동화, 초등학교 저학년용)와 『초등학교 사회 견학 시리즈 6권—목장에서 하는 일』(포푸라사)이었다. 포푸라사의 책은 권말 부록으로 '학년별 견학 포인트' 리스트까지 딸려 있어 제법 재미있었다. 예를 들면 이런 식이다.

◎ 논이나 밭에서 하는 일(2학년)

- 목장은 어떤 지형과 어떤 기후를 이용하여 운영될까?
- 목장에서 생산된 것은 어디로, 어떤 방법으로 운송될까?

그 밖에 어떤 질문을 하면 좋은지도 친절하고 자세하게 쓰여 있다. '소에게 과자를 주면 안 됩니다'란 주의사항도 쓰여 있다. 으음, 그렇군, 하고 묘하게 감탄하며 책을 읽게 된다. 몇몇 공장을 돌아보았지만 사전에 이렇게나 많은 자료를 제공하는 곳도 드물었어요.

나는 대개 이런 사전 자료를 무시하고 직접 현장에 가서 대뜸 "아, 이건 뭡니까?" 하고 시작하는 걸 원칙으로 삼고 있는데, 이번만은 특별히 견학 전에 '고이와이 농장의 연혁'에 대해 여러분과 함께 살펴보기로 한다. 가끔은 이러는 것도 괜찮겠지요.

【고이와이 농장 연혁】

고이와이 농장은 1891년 당시 일본철도회사 부사장 오노 기신小野義真, 미쓰비시 사장 이와사키 야노스케岩崎彌之助, 철도국장 이노우에 마사루井上勝 세 사람이 설립했다. 그래서 세 사람의 이름에서 한 글자씩 따서 고이와이小岩井 농장이라고 명명한 것이다. 이고이와井小岩 농장이든 이와고이岩小井 농장이든 상관없을 텐데, 어째서 고이와이 농장이 되었는지는 나도 모르겠다. 나이 순서였는지도 모르고, 단순히 고이와이가 제일 어감이 좋아서였는지도 모른다.

일이 성립된 순서는 이렇다. 철도를 부설하기 위해 모리오카에 간 이노우에 씨가 광대한 평원을 보고서 '여기에다 본격적인 서양식 목장을 만들자'는 착상을 하고, 오노 씨와 의논한 결과 "그러면 미쓰비시의 이와사키 씨에게도 출자를 좀 하라고 합시다"라고 얘기가 돌아가, 정원 연못의 잉어에게 먹이를 주던 이와사키 씨가 그 얘기를 듣고 "좋습니다, 자금 쪽은 저에게 맡겨 주십시오" 하고 받아들였다. 그렇게 해서 농장을 경영하기 시작했는데, 일본에서는 첫 시도였던 만큼 일이 순조롭게 진행되지 않아 줄곧 적자를 내다가, 끝내 이와사키가에서 단독으로 농장을 경영하게 되었다. 1898년의 일이다.

그러나 그사이에 소의 수가 증가하고 경영도 본궤도에 올라

일본철도회사 부사장
오노 기신

철도국장
이노우에 마사루

고이와이 농장은
이 세 사람이 설립했다

미쓰비시 2대 사장
이와사키 야노스케

고이와이 농장의
제품 마크

방목지 뒤로 이와테산(2041미터)이 보인다

고이와이 농장의 자랑
SL호텔과 SL클럽하우스

1938년에는 '고이와이 농목 주식회사'가 되었고, '이후 국내에서 유일하게 회사 조직이 운영하는 종합 농장으로, 세인이 괄목할 만한 발전을 이루며 현재에 이르렀습니다'(회사 자료). 축하합니다.

총 면적은 2600헥타르(라고 하면 전혀 상상이 안 되시겠지만, 야마노테선 안쪽 넓이 정도랍니다), 그중 700헥타르가 농장지고 나머지는 산림이다. 현재 회사는 '고이와이 농목'과 '고이와이 유업' 둘로 나뉘어 있으며, 농목 쪽 사원은 약 170명, 목장 안에 SL호텔*도 있어 가족 동반으로 녹음이 우거진 목장의 풍광을 즐길 수도 있다. 꽤 멋진 곳인 듯하죠.

*

태어나서 처음으로 도호쿠 신칸센을 타고 모리오카에서 내렸다. 도호쿠 신칸센의 좋은 점은 역 매점의 도시락이 아주 맛있다는 것이고, 나쁜 점은 경치가 아무런 재미가 없다는 것이죠. 무슨무슨 버섯 도시락이 제법 맛있었다. 미즈마루 씨, 이것 봐요. 도시락이라고요. 그렇게 잠만 자지 말고 먹읍시다. 음냐, 음냐, 졸리다고. 어젯밤 한숨도 못 잤어. 그래도 도시락이라니까요, 하

* 더는 운행하지 않는 증기기관차의 내부를 호텔로 꾸민 것.

며 옥신각신하는 사이에 어느 틈엔가 모리오카에 도착했다.

택시를 타고 시즈쿠이시강을 삼십 분쯤 거슬러올라가면 농장에 닿는다. 지방 도로가 농장 안을 가로지른다는 것도 굉장합니다. 도로 양쪽으로 드넓은 목초지가 펼쳐져 있고, 양이나 소들의 무리가 드문드문 눈에 띈다. 옛날 지바현 후나바시에 살았던 시절 집 근처에 500평 정도의 목장이 있어(사실 목장보다 소 우리에 가깝죠) 그 안에서 늘 소 열 마리 정도가 부루퉁한 얼굴로 뒹굴고 있었는데, 그런 곳에 비하면 단연 넓다. 일본에서 최고라 할 만하다. 공기가 깨끗하고 사방이 조용한 게, 숲속에서 이따금 새소리가 들려올 뿐이다.

목장 안에 있는 별장식 호텔 방에 짐을 풀고 한숨을 돌린 후, 고이와이 농장 낙농부의 기쿠치 씨에게 목장 안내를 받기로 했다. 아까 말했듯 광활한 목장이라 시설과 시설 사이를 자동차로 이동하는데, 그 도로가 또 굉장히 멋지다.

—목장 안에 이렇게 넓은 도로가 있다니 굉장하네요.

기쿠치 네, 이젠 폭주족들의 모임터가 됐지만요. 이 도로는 지방 도로라서 누구나 들어오려면 들어올 수 있죠. 유료고요. 올 때 요금소 보셨죠? 수익금은 전부 현에서 가져가고, 저희 목장은 아무 관계가 없어요. 밤중에는 아무도 지키지 않으니까 골치

목초를 잘라낸 자리가 줄무늬를 이룬 풍경

새소리가 난다
드넓은 목초지를 바라보는 우리

아픈 일입니다.

—소들한테도 좋지 않겠군요.

기쿠치 여기까지는 못 들어오긴 하지요. 몇 년 전에 유원지 안으로 들어가려 한 사람이 있어서 쇠사슬을 쳤는데, 거기에 목이 걸려 죽은 사람도 있습니다.

—〈매드 맥스〉의 세계로군요. 수소를 두세 마리 풀어놓고 순찰을 돌게 하면 어떻겠습니까?

기쿠치 ……(도대체 이 사람은 뭘 취재하겠다는 거야? 하듯이 힘없이 웃는다) 최근에는 자동판매기를 망가뜨리는 사람도 많아요. 시끄러운 일이 끊이지 않는 셈이죠.

—한밤중에 소를 훔쳐가거나 하는 사람은 없습니까?

기쿠치 그런 경우는 없습니다(있을 리가 없잖아, 그런 일이).

독우사犢牛舍에서

프랑스 요리를 좋아하시는 분이라면 메뉴에서 흔히 보는 단어일 텐데, 독우란 송아지를 뜻한다. 막 태어난 송아지는 곧바로 어미 곁을 떠나, 올리버 트위스트처럼 다함께 독우사에 수용되어 자라게 된다. 이곳에 있는 소는 홀스타인이고 홀스타인이란 종은 젖을 짜는 게 목적이니까 암소 외에는 필요가 없지만, 그래도 생후 두 달까지는 수송아지도 여기서 우유를 먹여 보육한다.

그리고 그중에서 일 년에 두세 마리만 종자소 후보생으로 선별되고, 나머지는 오륙 개월이 지나면 거세, 이십 개월이면 육우로 처분됩니다. 이 시점에서 처분된 소는 스테이크 등의 비교적 고급스러운 고기로 써먹을 수 있다. 냉정한 세계다.

오래된 목조건물로 천장이 보통 건물의 3층 정도는 될 만큼 높다. 비행기 격납고처럼 옆으로 길쭉하고, 빨간 슬레이트 지붕 위에는 들창이 나 있고 환기창도 달려 있다. 그 옆에는 분위기가 꽤 그럴듯한 벽돌로 된 사료 저장탑이 두 채 서 있다.

— 송아지는 태어나자마자 어미소와 떼어놓습니까?

기쿠치 네, 이전에는 한 일주일 정도 어미 곁에 두었지만요.

성분 관계상 산후 일주일 정도까지 소의 초유는 판매할 수 없거든요. 그래서 그 기간만은 함께 둘 수 있었는데, 이런저런 사고가 나기도 하고 작업상의 사정도 있어서, 지금은 태어나자마자 격리시킵니다. 젖은 인공으로 공급하고요. 짜내온 것을 이런 식으로 먹이는 거죠.

우사에 들어서면 통로 양쪽에 죽 늘어선 송아지들이 심각한 표정으로 우물우물 풀을 먹고 있다. 내가 보기에는 '저런 게 정말 맛있을까' 싶지만 송아지들은 '아, 맛있다'하는 표정으로 열심히 먹고 있다. 송아지라 해도 풀을 먹을 정도면 몸집도 제법 커서, 딱히 어리다는 느낌은 들지 않는다. 인간으로 말하자면 중고등학생 정도. '어이, 거기 아저씨, 남이 식사하는 걸 뭘 그리 빤히 봅니까' 하는 눈길로 이쪽을 주의깊게 살핀다. 이렇게 '풀을 먹는' 송아지들은 나무 기둥에 일렬로 죽 묶여 있는데, 더 어린 송아지들은 한 마리씩 따로 조그만 우리 안에서 양동이에 든 모유와 특수 사료를 먹는다. 태어난 지 얼마 안 됐는지 풀더미 위에 동그마니 누운 송아지도 있다. 각각의 송아지 머리 위에는 명패가 걸려 있다.

—이건 호적 비슷한 건가요?

기쿠치 네, 그렇습니다. 소의 경우엔 계통, 즉 아버지와 어머니의 이름이 분명하죠. 그러니까 송아지가 태어나면 등록을 합니다. 협회에다 이름을 신청하면 등록번호를 내주죠.

—한 마리 한 마리에 일일이 이름을 붙이는 것도 상당히 힘들 텐데요. 음, '고이와이 킹 파퓰러 플로라'…… 이름이 긴걸. 좀더 간단히는 안 됩니까? 나카소네 야스히로라든지.

기쿠치 뭐 그런 이름이라도 상관없습니다만, 그러다보면 엇

비슷한 이름이 많이 나와서 말입니다. 우리 목장에선 연간 수소만 대략 이백 마리 넘게 태어나니까요.

—결국 양친의 이름을 꿰맞춘 즉물적인 이름이 되는 거군요. 이 '고이와이 바브 팬지 핀랜드'는 아버지가 '퍼시픽 바브'고 어머니가 '고이와이 팬지 핀랜드 벨'이네요. 이 86-23이라는 번호는?

기쿠치 그것은 우리 목장에서 붙인 코드입니다. 정리를 위한 번호죠.

—생일이 1986년 2월 10일. 사 개월 정도 됐군요.

기쿠치 네, 소의 경우 성인이 되는 월령이 대략 십육 개월에서 십팔 개월이니까, 아직 한참 어리죠.

—명찰 아래쪽에 '능력지수'란 항목이 있네요. 숫자는 쓰여 있지 않은데, 이건 뭡니까?

기쿠치 유량乳量이란 게 있어요. 소의 경우는 305일이 공식적인 기록을 재는 기준입니다. 그러면 한 마리 소에서 연간 8000킬로그램을 짰다든가 9000킬로그램을 짰다든가 하는 숫자가 나오죠. 그다음은 유지율乳脂率이란 게 있는데, 그건 지방이 많이 섞여 있는가 적게 섞여 있는가를 뜻합니다. 그 숫자가 3.5니 4니 하는 식으로 나와요. 예를 들어 9000킬로그램에 3.0이면 채취할 수 있는 유지량은 270킬로그램이 되는 거죠. 그것을 어떤 계수로 나누면 능력지수가 산출되는 겁니다. 이 숫자로 소들을 서로 비교합니다.

—인간의 시험등급과 비슷한 것이로군요. 소는 모두 죽을 때까지 이 명찰과 능력지수를 달고 있어야 하는 겁니까?

기쿠치 그렇습니다. 설령 우사를 옮기더라도 이 명찰은 줄곧 달고 다니죠.

요컨대 이곳에 있는 소의 존재이유는 오로지 연간 몇 킬로그램의 농밀한 우유를 생산하는가에 집약되어 있다. 그리하여 소 한 마리 한 마리는 그 한 가지 관점으로만 가치를 평가받는 것이다. 성격이 어떻다든가, 외모가 어떻다든가, 예술적 재능이 어떻다든가 하는 건 전혀 평가 대상이 되지 않는다. 가령 어떤 소 한 마리가 자신의 능력지수에 불만을 품고 소를 돌보는 아저씨한테 가서 "있잖아요 아저씨, 난 젖은 별로 안 나올지 몰라도 친구들 사이에선 상당히 인기가 좋다고요. 다들 날 믿어주고"라고 투정해본들, 아저씨는 "허, 그러냐" 하고 흘려들을 뿐 전혀 상대해주지 않을 것이다. 어느 소의 능력지수가 192라면 그 소는 아무리 발버둥쳐도 192짜리 소이고, 그 이상 아무것도 아닌 것이다.

명찰은 대충 다음 그림처럼 생겼고, 명찰 오른쪽 아래에는 소의 반점 모양까지 그려져 있다. 이 반점은 인간으로 말하자면 지

문과 마찬가지로, 소를 식별하기 위한 아이디카드 역할을 한다. 새까만 재래종 소는 이런 분별이 불가능하지만 홀스타인 소의 경우는 제각기 반점 모양이 다 다르므로, 관리하는 쪽에서는 대단히 편리한 모양이다. 그런 얘길 들으니 왠지 소가 가여운 느낌이 든다. 나라면 사인펜이나 뭐 그런 것으로 반점을 싹싹 바꿔 칠해 변장해서 도망칠 텐데, 하고 별 쓸데없는 생각을 해보지만,

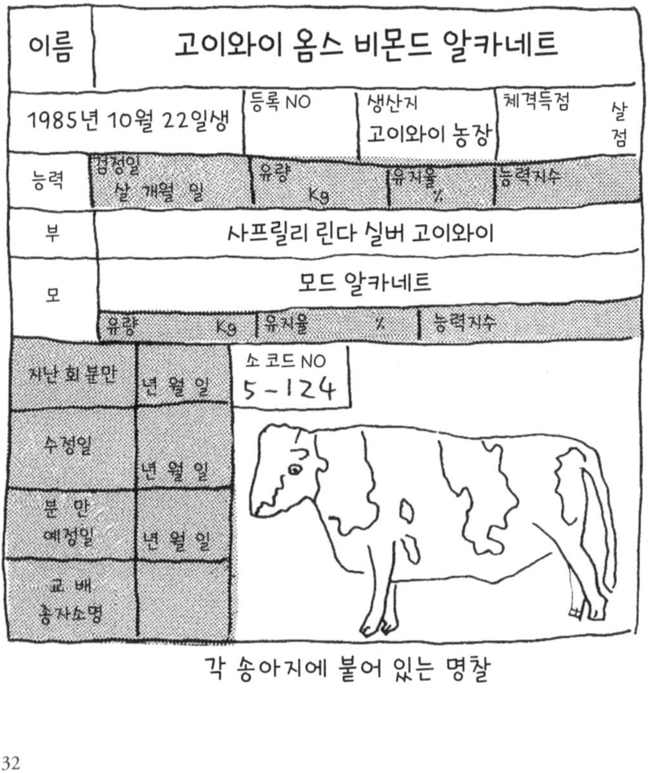

각 송아지에 붙어 있는 명찰

소에게는 물론 그런 지혜가 없다.

어린 송아지는 사나흘 동안은 초유를 먹고 그다음 사십 일 정도는 인공 우유를 먹는다. 그후에는 건초나 배합 사료를 먹는다. 그러다 약 십육 개월 정도가 되면 송아지들은 송아지 시대를 마감하고 교미를 하게 되는 것이다.

모든 동물들의 어린것이 그러하듯 꼬마 소도 무척 귀엽다. 우유를 먹은 다음 나무 기둥을 입으로 물고 쩝쩝 빠는 송아지도 있는데, 이것은 인간으로 치면 어린애가 손가락을 빠는 행위와 같다. 손을 내밀면 다섯 손가락 셋째 마디까지 입속에 전부 집어넣고 쩝쩝 빤다. 제법 신기하고 기분도 좋았다. 미즈마루 씨, 한번 해봐요. 재미있는데. 아니, 난 사양하겠어, 동물은 질색이거든. 무라카미 씨는 겁도 없군……

의빈대 擬牝台

의빈대라니 뭘 말하는지 전혀 모르시겠죠? 간단하게 말해서 소를 위한 더치와이프로, 사람들은 이걸 이용해 수소가 사정하게 한 후 정액을 채취한다. 가짜 암소인 셈이다.

장 피에르 멜빌의 영화에 나올 법한 음침한 색조에, 천장이 높고 휑한 건물 한가운데 의빈대가 놓여 있다. 언뜻 체조 기구나 고문대처럼 보이기도 하는 그 기묘한 장치 위에 소의 생가죽인

듯한 것이 걸쳐져 있다. 핸들을 움직여 높이와 각도를 바꿀 수 있고, 튼튼한 유압식 스프링도 달려 있다. 주변 바닥에는 거무죽죽하고 기분 나쁜 얼룩이 점점 묻어 있다. 이것이 '가짜 암소기'의 전모다.

그러나 아무런 예비지식 없이 이 방에 들어와 이 기구를 보며 "자, 이건 뭘까요?"라는 질문을 받는다면, 보통사람들은 뭐가 뭔지 전혀 짐작도 못할 것이다. "아, 이거 가짜 암소기죠!"라고 한눈에 알아보는 사람이 있다면 틀림없이 그는 아주 특별한 상상력의 소유자일 것이다. 최소한 앞쪽에 방긋 웃는 암소의 머리가 붙어 있다든가, 정면 벽에 전라의 암소 핀업이 붙어 있다든가

(그러나 곰곰 생각해보니 소는 모두 전라군요) 한다면 나도 '이거, 혹시……' 하고 생각이 미칠지도 모르겠지만, 이대로는 짐작이 안 가죠.

수소는 정말 이런 상황에서도 그러고 싶은 욕망이 생길까? 만약 그렇다면, 소란 동물은 상상력이 꽤 발달되었든가 결여되었든가 둘 중 하나일 것이다.

—이런 장치로 소가 정말 그러고 싶어진단 말입니까?

기쿠치 뭐, 일단은 그러도록 훈련을 시키는 거죠. 만약 그게 안 되면 진짜 암소를 이용하는 경우, 이를테면 육우를 이용해 거기서 채취할 때도 있지만, 대개는 이 의빈대를 사용합니다. 소를 올라타게 하고, 옆에서 칼집을 끼우듯이 인공질을 갖다댑니다. 네, 바로 이게 인공질입니다. 여기에 정액을 채취하는 관을 넣어두는 거죠. 그러고는 희석해 동결시킵니다. 인공질에는 따뜻한 물을 넣어 온도를 조절하고요.

—절차가 복잡하군요. 한 번에 몇 시시 정도 나옵니까?

기쿠치 글쎄요…… 많은 경우는 10시시 정도입니다. 그것을 희석해 한 번에 사용하는 양이 0.5시시쯤이죠. 그러니까 한 번 사정에 백 번에서 이백 번 정도는 써먹을 수 있는 셈입니다.

의빈대, 즉 가짜 암소기가 놓여 있는 채정실 벽에는 이 기구의 사용법을 그림으로 설명해놓은 종이가 붙어 있다. 그걸 보니 과

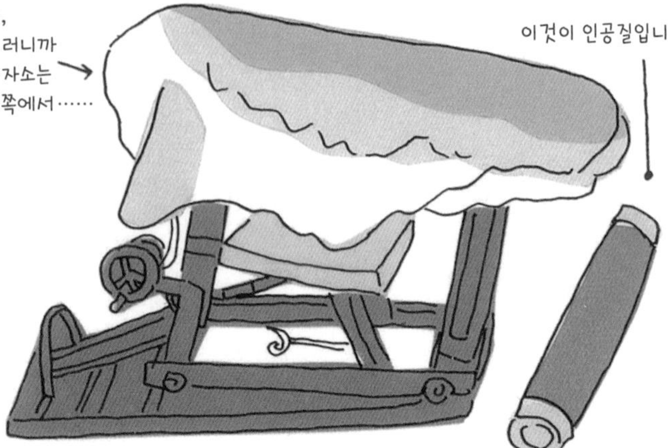

연 눈을 가늘게 뜬 수소가 뒷다리로 서서 기구 위에 영차 하고 올라타서는, 앞다리로 허리를 껴안고 학학 가쁜 숨을 몰아쉬고 있다. 소는 그렇게 하는 것이 자연스러운 교미라고 훈련을 받았으므로 이렇다 할 불만 없이 나름대로 즐기고 있을 테지만, 곁에서 보고 있자니 이거 좀 잔인한 삶이 아닌가 싶은 기분이 든다. 나는 종자소라고 하면 매일매일 다른 암소와 정력적으로 사랑을 나누며 저녁이 되면 '오늘은 정말 열심히 일했군' 하고 땀을 닦으며 우사로 돌아오는 비교적 우아한 모습을 상상했는데, 현실이란 역시 녹록지 않군요.

종모우사 種牡牛舍

채정실에서 나와 잠시 걸어가면 어딘가 모르게 침체된 느낌이 드는 낡은 목조건물이 나온다. 이것이 바로 종자소를 모아두는 종모우사다. 안을 들여다보니 튼튼한 철제 우리 안에 각각 한 마리씩 모두 네 마리의 수소가 묵묵히 예리한 눈을 번쩍이고 있다. 우리 앞에는 마치 자민당 간부 같은 분위기의 아저씨 한 사람이 대기하고 있는데, 이 사람은 다누마 씨라는 종모우사 관리인으로 혼자 종자소들을 보살피고 있다. 종자소는 성미가 고약하고 체중도 1500킬로그램 정도는 되니까(암소는 대개 600에서 700킬로그램), 동물원의 맹수사육 담당자처럼 한 사람이 꼬박 붙어서 보살피지 않으면 위험부담이 크다.

과연 종자소들은 그냥 보기에도 박력이 있다. 프로야구로 치면 에나쓰, 가와토, 산체스, 부머를 섞어놓은 듯한 느낌이다. 눈은 번쩍거리지, 몸집도 거대하지, 뿔도 나 있지, 이런 소가 정면에서 돌진해오면 도망치기도 전에 다리가 오그라들지 않을까 싶다. 에나쓰, 가와토, 산체스, 부머가 덮쳐든다면(앞의 두 사람만 그런다 해도) 다리가 오그라들지 않겠어요. 나는 이전부터 〈카르멘〉에 나오는 투우사 에스카미요를 기분 나쁜 자식이라고 생각하고 있었는데, 실제로 이렇게 굉장한 상대들을 눈앞에 두고 보니 일상적으로 이런 상대와 결투를 하는 에스카미요 씨가 존경스러워진다.

—저, 가만 보고 있으려니 수소들은 인간에게 반감을 품고 있는 듯한 데요……

다누마 그야 물론 그렇죠. 소를 다루는 쪽에 빈틈이 보이면 반드시 돌격해옵니다. 언젠가는 한 방으로 인간을 이길 수 있지 않을까 하는, 그런 집념 같은 게 있어요. 그러니까 빈틈이 보이면…… 마주보고 있지 않을 때는 반드시 우두두 돌격해옵니다. 마주보고 있을 땐 못 그러죠, 코뚜레가 고삐에 묶여 있으니까. 코는 소의 약점이에요. 쳐들어오겠구나 싶을 때 이렇게 고삐를 바싹 잡아당기면 몸이 저려서 돌진을 못합니다. 그렇다는 걸 소도 잘 아니까 마주보고 있을 땐 절대로 공격을 안 하죠. 그렇게 훈련을 시켜두니까요.

—거참, 상당한 신경전이로군요. 잠시 한눈을 팔아도 돌격해온다니.

다누마 맞아요. 흰자가 붉게 충혈되어 있으면 화가 났다는 증거입니다. 흥분하면 흰자가 충혈되는데, 그게 기분이 안 좋다는 뜻이죠. 그런데 지금처럼 눈이 이렇게 맑으면 상관없어요. 하지만 행여 툭 치기라도 하면 벌컥 화를 냅니다. 성급하다고 할까, 성을 잘 내죠. 그러나 너무 얌전한 소는 씨를 받아도 별로 안 좋아요. 어느 정도 성깔이 있어야 좋은 종자입니다. 수소들끼리 놔두면 마지막 남은 한쪽이 울 때까지 격투를 벌입니다. 어느 한쪽

의빈대 사용법을 설명한 그림

이 울면 격투가 끝나죠. 졌다는 뜻입니다.

—그럼 계속 무언의 격투를 벌이는 셈이로군요. 상당한데요.

다누마 씩씩거리며 싸우죠. 뿔로 상대의 옆구리나 고환 같은 부드러운 곳을 찌릅니다. 집단으로 있으면 어떻게 암놈을 자기 것으로 만들 것인가 하는 라이벌 의식이 생기니까요. 결국 센 놈이 리더가 됩니다. 그러니까 수소는 어릴 때부터 항상 격투 훈련을 하는 셈입니다.

—다누마 씨한테는 어떤 식으로 덮칩니까?

다누마 그런 때는 말이죠, 코로 한 번 탁 받습니다. 그래서 인간이 쓰러지면 앞다리를 구부리고 덮칩니다. 그게 소들의 격투술이죠. 그리고 쓰러진 상대를 뿔에 얹고 돌아다녀요. 내 경우에도 뿔에 걸려 끌려갔었는데, 다행히 기둥 뒤로 피하는 바람에 기적적으로 목숨을 구했습니다. 벌써 이십 년이나 이 일을 하고 있는데 그동안 두 번 당했죠. 늑골이 네 대 정도 부러졌습니다. 그래도 역시 그런 경험이 없으면 이 일을 해먹을 수 없어요. 이런 일을 하는 사람들은 대개 다 당한 적이 있죠. 저는 이렇게 관리를 하며 소들을 보살피고 있는데, 은혜를 원수로 갚는다고나 할까…… 아무튼 언젠가는 인간을 이기겠단 집념이 있어요, 이놈들에겐.

—어째서 뿔을 자르지 않는 겁니까? 뿔이 있으면 위험할 텐데요.

다누마 뿔이 위험한 경우도 있지만, 반대로 뿔이 있어 좋을 때도 있습니다. 뿔을 제거하더라도 들이받는 건 똑같습니다. 쓰러뜨린 다음에도 뿔이 있으면 뿔로 들어올리지만 뿔이 없으면 그대로 밀어붙이니까 내장이 모조리 손상되지요. 완전히 짓뭉개져버립니다. 뿔이 있는 편이 그나마 받혔을 때 뿔 사이에 끼여 살아날 가능성이 있죠. 그리고 주사 같은 걸 놓을 때도 뿔이 있는 편이 편리합니다. 뿔을 고정시키면 되니까.

—어떤 경우가 제일 위험합니까?

다누마 하루에 한 번 밖으로 데리고 나가 운동을 시키는데요, 끌고 나갈 때 사고가 잘 생겨요. 그리고 아침, 우리에 묶을 때도요. 단 소가 갑작스레 공격하는 건 아니에요. 엄밀히 말하면 인간이 (그 징후를) 눈치채지 못할 뿐입니다. 한 번이나 두 번 앞다리를 긁으며 조용히 서 있다가 일시에 덤비거든요. 그런 걸 인간이 모르고 있으면 당하는 겁니다. 갑자기 덤비는 일은 절대로 없어요. 반드시 두세 걸음 뒤로 물러납니다.

—그럴 땐 어떻게 피해야 하나요?

다누마 피한다고 해도 소의 동작이 더 빠르니까 아무리 빠른 사람이라도 50미터 정도 안에 있으면 집니다. 100미터 정도는 떨어져 있어야 인간이 이기죠. 그러니까 어떻게 해서든 소의 비위를 잘 맞춰야죠.

—흐음. 종자소로서의 수명은 어느 정도입니까?

기쿠치 뭐, 한 열 살 정도까지입니다. 몸이 점점 커지는 데 비해 다리는 왜소하니까, 아무래도 다리에 이상이 생깁니다. 아까 보신 대로 정액을 채취할 때도 두 다리로 서 있어야 하고, 그러다보면 어쩔 수 없이 무리가 가죠. 열 살이 넘으면 도저히 무리입니다. 그러니까 그동안 저장할 수 있을 만큼 정액을 동결해두죠. 정액을 동결할 때는 액체질소를 사용하는데, 그걸 쓰면 반영구적으로 보존할 수 있어요. 따라서 요새는 열 살까지도 필요 없습니다. 채취할 수 있을 때 양껏 채취해둡니다. 피크는 다섯 살에서 일고여덟 살까지. 체형으로 보면 장년이죠. 다섯 살이면 마침 몸이 다 큽니다. 종자소의 경우엔 그 딸의 성적에 따라 성적을 매깁니다. 딸의 유량에 따라 앞으로 계속 사용할지 말지를 결정하는 거죠.

—성적이 좋지 않으면 찬밥 신세를 면치 못한다는 겁니까?

다누마 성적이 좋지 못한 소 같으면, 다섯 살이건 여섯 살이건 처분해버립니다. 오래 살아도 대개 열 살을 전후로 아까 말한 것처럼……(※이 단계에서 처분된 소는 스테이크는 못 되고, 햄버거나 고양이 사료 등의 가공육이라는 말로를 걷게 됩니다.)

—종자소는 주에 몇 번 정도 사정하는데요?

기쿠치 일주일에 두 번 정도의 페이스입니다. 각기 차이가 있기는 하지만요.

다 자란 수소에게 주당 두 번이란 사정 횟수가 어느 정도의 부담인지는 전혀 짐작이 가지 않지만(짐작이 갈 리 없다) 얘기를 듣고 있자니 종자소의 세계도 꽤나 험난하네요. 대부분의 수송아지는 태어나자마자 곧바로 쇠고기로 처분되는데, 경쟁에서 살아남은 엘리트 종자소 후보도 조금만 성적이 나쁘면 단박에 처분되어 고양이 사료나 된다고 하니. 그리고 그 난관을 극복한 초 엘리트마저 열 살이 넘으면 처분이라는 운명을 맞는 것이다. T.S. 가아프*는 인생이란 불치병이라고 단언했는데, 그 말은 소에게도 해당되는 셈이다. 어째 〈스파르타쿠스〉 같은 세계군요.

착유우사搾乳牛舍

자, 드디어 이 농장의 메인인 착유우사로 자리를 옮깁니다. 글자 그대로 이곳에는 암소가 죽 늘어서서 젖을 짜내고 있다. 그렇다고 옛날처럼 사람들이 젖을 쥐고 쭉쭉 짜내는 것은 아니고, 일체의 착유작업은 기계로 진행된다. 꼭 청진기의 튜브같이 생긴 밀커라는 장치를 소의 젖꼭지에 달아 젖을 빨듯 짜내는 것이다.

* 존 어빙의 장편소설 『가아프가 본 세상』의 주인공.

우사와 사료 저장탑이 있는 풍경

짜낸 우유는 머리 위를 지나는 파이프를 통해 냉장고로 운반되고, 거기서 섭씨 4도로 냉각된다. 그 모든 과정이 체계화되어 있다. 한 마리 소에서 한 번 젖을 짜내는 데 소요되는 시간은 약 오분 정도. 착유 작업은 하루에 두 번, 오전 다섯시와 오후 다섯시에 이루어진다.

종모우사를 떠나 이곳 착유우사에 있는 암소들을 보니 믿기 어려울 정도로 온화하고 순종적으로 보인다. 암소들은 통로를 가운데 두고 서로 엉덩이를 마주하고는 잠자코 서서 젖을 짜낼 순서를 기다리고 있다. 개중에는 젖을 다 짜내고 '아이고 힘들었다'는 듯 바닥에 웅크린 소도 있다. 우사 안은 몹시 조용하다. 밀커가 작동되는 소리만 나지막이 울려퍼질 따름이다. 암소들은 이미 모든 걸 체념했다는 양 잠잠하다. 발효된 사일리지(농축 배합 사료)의 냄새가 싸하게 코를 찌른다.

—한 마리에서 대략 몇 시시 정도 짜냅니까?

기쿠치 지금은 평균 한 번에 14에서 15킬로그램 정도입니다. 하루에 대략 27킬로그램을 짜도록 되어 있습니다. 한 마리당 평균적으로 말이죠. 젖소의 경우엔 젊은 소보다 몇 번 출산 경험이 있는 소가 젖의 양이 많아요. 대략 네다섯 번 출산한 소가 제일 양이 많지요. 간혹가다 일고여덟 번 출산하고 나서야 젖의 양이 불어나는 소도 있지만 말입니다. 하지만 일반적으로는 네다섯 번일 때가 최고로 많이 나옵니다.

—젖소가 임무를 수행할 수 있는 수명은 어느 정도입니까?

기쿠치 젖소도(종자소와 마찬가지로) 열 살 정도입니다. 우리 목장에서 최고로 나이 많은 소가 열네다섯 번 정도 출산했습니다. 일 년에 한 번씩 낳는다 해도 열일고여덟 살은 되죠. 다만 경제동물이니까, 평균적으로 대여섯 번 출산해서 피크를 넘긴 소는 도태됩니다. 경제동물이니 천수를 다하는 일은 없지요. (※여기서 탈락한 암소 역시 가공육 신세가 됩니다.)

—알 만하군요. **경제동물**이란 건 아주 설득력 있는 말 같습니다. 그런데 암소는 젖꼭지가 네 개잖습니까? 보통 새끼는 한 마리밖에 못 낳는데 어째서죠?

기쿠치 그것도 역시 인간이 개량한 게 아닐까요? 원래는 더 많았을 겁니다. 하지만 네 개가 효율적이라는, 뭐 그런 이유로 개량했을 거라고 생각합니다. 도태를 반복하며 품종을 개량하는 거죠.

—그렇지만 젖이 많이 나오는 방향으로 도태시키다보니 몸집만 커지고 다리는 약해진 것 아닐까요?

기쿠치 네, 그 문제가 가장 결점이라고 할까, 제일 신경써야 하는 부분입니다. 야생 상태의 동물은 자기 발로 먹이를 찾으러 돌아다니지 않습니까. 그러니까 이렇게 묶어놓고 우리에서 사육하는 경우에도, 가령 발이나 발톱에 상처가 생기면 식욕을 잃고 맙니다. 식욕을 잃으면 자연히 젖도 안 나오죠. 이건 본능입니다. 밖에서 걸어다니다가 다리가 안 좋아지면 더는 먹이를 먹을 수 없는 겁니다. 그러니까 당연히 약해지죠. 아무리 우리 안에서 먹이를 주며 사육을 해도, 다리가 안 좋아지면 유량이 적어집니다. 거꾸로 젖이 안 나와 이상하다 싶어 살펴보면 다리에 이상이 있는 경우도 있습니다.

—소는 그, 사람이 젖을 짜내는 걸 어떻게 받아들일까요?

기쿠치 역시 인간이 자기들 필요에 따라 젖을 붇게 만드는 것이니, 소 입장에서는 새끼를 기르는 것도 아니고 고통스럽죠. 젖이 분 상태가. 그러니까 젖을 짜내면 홀가분해지는 겁니다. 그런 의미로 보면 어서 짜주었으면 하고 바라지 않을까요. 이곳 우사에서는 소를 이렇게 묶어 기르고 있습니다만, 방목하는 시스템 같은 경우에는 젖을 짤 시간이 되면 소들이 알아서 다가옵니다. 빨리 짜내고 싶어서.

—암소 중에도 잘생긴 얼굴, 못생긴 얼굴이 있나요?

기쿠치 있지요, 물론. 소다운 생김이란 게 있으니까 말입니다. 가령 이 암소는(가까이 있는 가수 겐 나오코를 닮은 암소를 가리키며), 얼굴만 봐도 좀 못생겼죠. 애교는 있지만. 그리고 엉덩이도 이렇게 펑퍼짐해서야…… 육용이라면 몰라도, 젖소의 경우는 날렵한 편이 훨씬 좋습니다.

착유우사에 있는 젖소들은 철저한 관리체제하에 있다. 소들은 위아래로 길쭉한 스탠천이라는 목걸이에 묶여 있다. 그 위에는 '카우 트레이너'라 불리는 깔쭉깔쭉한 금속이 매달려 있는데, 이 금속에는 100볼트의 전류가 흐르고 있고, 소가 등을 구부릴 때마다 그 전류가 찌릿 하고 소의 몸체로 전달된다. 왜 그런 장치를 해놓았는가 하면 소라는 동물은 태어날 때부터 똥오줌을 눌 때 등을 구부리는 버릇이 있는데, 그러면 배설물이 도랑 안으로 제대로 떨어지지 않아 청소하기가 까다롭기 때문이다. 그래서 이 카우 트레이너로 등을 구부리지 않게 소를 훈련시키는 것이다. 오줌 누는 것만이라도 내 마음대로 하게 해달라고 항의하는 소는 물론 없다.

그리고 착유중인 소들은 뒷발에 '서브테일'이라는 고무 고리 같은 것을 끼고 있는데, 이건 잘못해서 자기 발로 자기 젖꼭지를 밟는 사고를 방지하기 위한 기구다. 세상에는 참으로 여러 가지 기구가 있다.

이런 걸 보고 있으면 현장 사람들이 소를 '경제동물'이라 부르는 이유를 정말 잘 이해할 수 있다. 그들에게—그들뿐만 아니라 이 세상에게도—홀스타인이라는 종의 소는 유효하게 젖을 짜내는 목적(경제 행위)을 위해 존재하는 것이며, 만약 그 목적 수행이 여의치 않아지면 처분되는 것이다. 그 점이 인간 샐러리맨과 약간 다르다. 인간의 경우는 경제적 유효성이 다해 정년을 맞아도 퇴직금이나 연금을 받아 그럭저럭 여생을 이어갈 수 있다. 하지만 소에게는 여생이란 것이 없다. 기운이 떨어졌다 싶으면 잽싸게 콘비프나 고양이 사료 신세다. 도회지에 사는 사람은 '푸른 목장'이라는 목가적인 이미지를 품기 십상인데, 결국 목장도 역시 자본 투자=회수라는 원리에 따라 움직이는 하나의 경제주체에 불과하다. 그 안에서 소는 그저 원료의 역할을 할 뿐이다. 만약 그걸 '원료'라고 생각하지 않으면 원리 자체가 흔들리게 된다.

물론 목장이라는 '푸른 경제적 전쟁터'에서 싸우는 것이 소들만은 아니다. 그곳에서 일하는 사람들에게 역시 치열한 전쟁터다. 처분되는 소를 불쌍하게만 보는 것 역시 편파적인 태도일 것이다. 왜냐하면 일본의 낙농업 자체가 현재 몹시 심각한 상태에 놓여 있기 때문이다. 요컨대 우유가 넘쳐나서, 이렇게 열심히 생산해내는데도 팔리지 않는 것이다.

현재 일본인이 소비하는 유제품은 국내에서 생산되는 우유로 전부 커버할 수 있다는데, 실제로는 소비의 60퍼센트를 수입제품이 점하고 있다고 하니, 국산 유제품이 남아도는 상황은 쉽사

메이지 시대에 지어진 농장 본부 건물

리 상상할 수 있다. 식생활 개선이니 뭐니 해서 유제품 소비량은 한계에 달해 있는데 무역 불균형과 관련해 원가가 싼 외국 제품이 물밀듯이 들어오는 실정이니, 지금 상황에서는 낙농업계의 전망이 그다지 낙관적이지 못하다.

그렇다면 결과는 뻔하다. 쌀농사와 마찬가지로 정부의 주도하에 생산 조정이 이루어지면 중소 낙농가는 자연히 도태되고 말 것이다. 일본에서 낙농이란 이름의 경제동물은 서서히 그 유효성을 잃어가고 있다 해도 과언이 아닐 것이다. 과거에는 쌀농사 다음으로 나라 차원에서 추진하던 낙농업을, 이제 또 나라가 그 막을 내리려 하는 것이다. 나는『양을 둘러싼 모험』이라는 소설을 쓸 때도 양을 사육하는 현장을 취재했는데, 그때도 일본의 농업 정책에는 전통적으로 약자를 도태시킴으로써 국면을 진전시키는 경향이 있다고 생각했다. 나라의 정책이 일관성 없이 우왕좌왕하니까 그걸 쫓아가지 못하는 약소 농가는 도태되는 것이다. 그런 약자들의 도태에 의해 결과적으로 농업의 합리화가 추진된다.

고이와이 농장의 경우는 낙농부가 적자를 내더라도 양계업이나 산림, 관광 등 다른 분야의 수입에서 결손을 메울 수 있지만, 쉰 마리에서 예순 마리의 소로 운영하는 소규모 낙농장은 사태가 훨씬 더 심각할 것이다.

가벼운 기분으로 다녀온 것치고는 여러모로 많은 생각이 들었던 취재였다.

○

사상이 담긴 옷을 만드는 사람들

●

콤데가르송

하느님도, 내 주변 사람들도, 아내도 잘 알고 있듯이 나는 복장에 그리 신경을 안 쓰는 인간이다. 여름에는 티셔츠에 짧은 바지, 봄가을에는 리바이스 청바지에 스웨터나 트레이너, 겨울이 되면 그 위에다 가죽점퍼(샌프란시스코에서 무지 싼 가격에 샀다)나 J프레스 더플코트를 입는다. 신발은 나이키 조깅화. 양복, 와이셔츠, 넥타이는 가뭄에 콩 나듯 착용하므로, 유행에 좌우되지 않는 브룩스 브라더스나 폴 스튜어트 제품을 산다. 구두는 갈색과 검은색 리갈 윙팁을 한 켤레씩 갖고 있는데, 이것들은 폐기된 원자력선처럼 신발장 안에서 깊은 잠에 빠져 있다. 이것이 내가 가진 의복 및 신발류의 전모다.

'혹시' 하고 생각하실지도 모르겠군요. '그 기본 스타일은

1970년 이후로 전혀 변하지 않은 것 아니냐?' 정답! 바로 맞히셨습니다. 한 가지도 변하지 않았다. 물론 약간의 변화는 있다. 컨버스 스니커는 나이키 조깅화로 바뀌었고, VAN JACKET은 폴 스튜어트로 바뀌었고…… etc. 그러나 기본적으로는 아무런 변화도 없다. 지난 십오 년 남짓, 영화관에 나오는 액션영화 예고편 같은 속도로 여러 패션스타일이 생겨났다가 사라져갔지만, 나는 그사이 북쪽 나라의 설원에 사는 순록처럼 진화와 무관하게 살아온 것이다. 1970년의 내 기본 스타일과 1986년의 그것 사이에는 라이처스 브러더스와 홀&오츠 정도의 차이밖에 없다고 생각하시면 될 것 같다.

"어째서 그렇게 보수적인가?" 하고 물으신다면 퍽 난감하다. 나에게는 무언가를 적극적으로 지키고자 하는 마음이 결코 없기 때문이다. 정확히 말하자면 '뭐, 이 정도면 되겠지' 하고 일시정지 버튼을 누르고 있을 뿐, 딱히 유행을 거스르며 살고 있는 건 아니다. 유행에 따라 멋지게 차려입으려면 꽤 신경써야 하는데(물론 돈도 든다) 나는 그러기보다는 운동을 하거나 식생활에 대해 궁리하는, 이른바 육체적인 면을 관리하는 쪽에 더 관심이 있다. 그러나 이건 어디까지나 개인적인 성향 문제이므로 어느 쪽이 정당하다거나 우월하다고는 평가할 수 없다. 철학을 통해 자기 관리를 하는 사람이 있는가 하면 옷을 통해 자기 관리를

하느님도 알고 계시는 무라카미 하루키의 복장
(콤데가르송 견학 전)
봄
가을
트레이너나 스웨터
리바이스
청바지
여름
티셔츠
짧은 바지
일단은
하느님도 알고 계시는
미즈마루의 모습
J프레스
더플코트
겨울
가죽점퍼

하는 사람도 있고, 어차피 그것들은 다 남의 일인 것이다.

그리고 내가 최신 유행의 옷을 입지 않게 된 또 한 가지 이유는 종종 해외여행을 하게 된 데 있다. 대도시의 하이소사이어티에라도 나간다면 얘기가 달라지겠지만 외국의 평범한 동네에서 평범하게 돌아다니는 사람들의 복장을 보면 일본에 비해 상당히 적당주의다. 옷이 낡거나 사이즈가 안 맞아도 '그런 걸 신경 쓸 여유가 어디 있어'라는 식으로 모두가 민첩하게 움직이고 있는 광경에, 그런 차림 또한 나름대로 매력적으로 보인다는 사실을—신기한 일이지만—나는 외국에서 처음으로 깨달았다.

나는 여행을 떠날 때면 가급적 형편없는 차림을 하는데, 그래도 현지에 도착해서 보면 주위 사람들에 비해 상당히 번듯하게 차려입고 있는 듯한 느낌이 들어 당황하곤 한다. 그리고 반대로 일본에 돌아오면 주위의 모든 사람들이 너무나 단정하게 입고 있는 것 같아서 또 한동안 안절부절못한다. 그런 일이 몇 번 거듭되는 사이, 나도 모르게 '아무려면 어때'의 숲속으로 끌려들어가고 만 듯하다.

그러나 그런 것 역시 개인적인 성향의 문제다. 천성이 멋부리기를 좋아하는 인간이라면 이치가 어찌됐든 자연히 멋을 부리는 방향으로 기울 것이고, 나 같은 인간은 유행이야 어찌됐든 밤낮으로 '아무려면 어때'의 숲속에 기거하며, 비非진화라는 달짝

지근한 나무 열매를 느긋하게 따먹으며 나이를 먹어가게 될 것이다. 흐음.

장황하게 '비진화'의 측면을 얘기했으니까 이쯤에서 '진화'의 측면에 대해 얘기하려 한다. 옷의 경우에 진화란 과연 무엇인가?

【예증】

"파리에 있는 우리(콤데가르송) 회사의 사장은 프랑스 여성입니다. 그 나라는 사장이 외국인이면 회사를 차릴 수 없거든요. 그런데 그녀는 그때까지 전혀 다른 타입의 오트 쿠튀르 계통 회사를 다녔던 거예요. 그러니까 항상 반듯하게 구김살 하나 없는 옷을 입고 매일 미용실에 드나드는 생활을 했죠. 그런데 우리 회사 옷만 입게 된 후로 역시 여러 가지로 감화를 받았나봐요. 그래서 지금까지 입었던 옷을 전부 버리고 말았답니다. 생활도 여러모로 확 바뀌었고요. 우리 회사의 옷은 내추럴합니다. 좀더 거창하게 얘기하자면, 삶의 방식이 내추럴하면 자연히 짙은 화장도 할 필요가 없어지고, 괜스레 허세를 부리는 복장이나 주거환경과도 인연이 멀어지고, 그런 것이죠." (콤데가르송 홍보부 다케다 씨)

맞는 말이라고 생각한다. 딱히 콤데가르송을 편드는 건 아니지만 다케다 씨의 말씀에는 나도 동의한다. 1960년대 후반에 청춘을 보낸 사람은 "이야, 그거야말로 '녹색혁명'*인걸, 피스"라고 할지도 모르겠다. 나도 그렇게 생각한다, 피스. 그 옛날 '자연스러운 것이 최고'라며 마하트마 간디 같은 안경을 끼고, 다 떨어진 탱크톱에 컷오프 청바지 차림으로 와이어 브래지어를 불태워버렸던 여자들(물론 실제로 그런 광경을 목격한 것은 아니다)이 사라진 지 벌써 십오 년인 지금, 그녀들의 정신은 멋들어지게 결실을 맺어 미나미아오야마의 세련된 부티크를 장식하게 된 것이다.

뭐 그렇다고 내가 그런 현상을 비꼬거나 비난하려는 것은 아니다. '그건 원래 그런 것이다'가 나의 기본 방침이다. 그것을 만들어내는 사람(크리에이터, 매뉴팩처러)이 존재하고, 그것을 원하는 소비자층이 존재한다. 이것은 하나의 현상이며, 나는 원칙적으로 모든 현상은 선善이라고 믿는다. 선이라는 표현이 지나치게 강렬하다면 거기다 '내추럴'이란 색채를 조금 더하면 좋을 것이다. 그렇다고 모든 현상을 긍정한다는 뜻은 아니다. 긍정 혹은 부정을 초월해, 모든 현상을 나 자신의 연장선상에 있는 어떤 것으로 파악한다는 것이다.

* 미국의 사회운동가 찰스 라이히가 1960년대의 카운터컬처와 청소년 문화를 예찬한 책의 제목.

좋다, 콤데가르송을 나 자신의 연장선상에 있는 무엇으로 파악해보자.

그리하여 나는 실제로 시부야의 세이부 백화점에 있는 콤데가르송 옴므 부티크에서 여름 재킷과 티셔츠를 샀다. 티셔츠는 차치하고 재킷은 내가 흔히 입는 것과 몹시 다른 스타일이다. 커다란 패드를 댄 어깨는 옆으로 비쭉 튀어나와 있고, 라벨에는 파이핑 장식이 되어 있다. '무슨 곡마단의 원숭이 같잖은가' 하고 생각했지만 함께 간 아내가 "당신이 생각하는 것만큼 그렇게 이상하진 않아"라고 해서, 뭐 이것도 경험이니까 사기로 했다. 두 벌에 6만 엔이 조금 넘었으니 싸지는 않다. 이런 취재에도 제법 경비가 든다.

부티크의 점원(남자)은 상당히 인상이 좋은 사람으로, 나처럼 명백하게 수준이 다른 인간이 매장으로 들어와도 전혀 꺼리는 기색 없이—사실은 꺼림칙했을지도 모르겠으나—친절하게 대해주었다. 억지로 강요하지도 않고 차분하게 솔직한 의견을 얘기해주고…… 요컨대 내추럴하다. 아마 종업원 교육이 면밀히 이루어지는 덕분이리라. 이런 부분에는 그저 감탄했다. 다케다 씨가 맨 처음 취재(라기보다는 면접과 초보적 강좌) 때, '매장의 제일선에 서 있는 사람이 상당히 중요하다. 매장의 종업원을 보고 옷 입는 방식이나 스타일을 판단하는 손님도 있으니까'란 의미의 말을 했는데, 내가 보는 한 그런 쪽의 배려가 꽤 세심한 듯하다.

그건 그렇고 예의 재킷 말인데, 〈생활의 수첩〉*에 나오는 식으로 몇 번을 입었다 벗었다 하며 세세한 부분까지 테스트해본 결과, 결론부터 말하면 디자인이 상당히 참신한 데 비해 — 뭐 대단히 참신한 건 아닐지도 모르겠지만 적어도 내게는 참신하다 — 실제로 입어보니까 몸에 착 달라붙어 무척 편하다. 그리고 이건 더 중요한 부분인지도 모르겠는데, 오래 입고 있을수록 디자인의 특이함을 의식하지 못하게 된다. 다케다 씨의 강좌로 세뇌당한 건 아니나 과연 내추럴한 경향을 인정하고 싶어진다. 소매에 팔을 꿰기 전까지는 콤데가르송의 옷은 꽤 멋을 부려 무리하게 입는 거라고 생각했는데, 막상 입어보니 의외로 부담이 없는 옷이구나 하고 감탄하게 되었다. 겨우 재킷 한 벌로 모든 것을 추측하기는 무리겠지만 이 재킷에 관한 한 어떤 종류의 일관된 사상 같은 것이 느껴졌다.

사상.

좀 전의 '녹색혁명' 얘기로 돌아가자. 나는 1980년대 후반을 움직이고 있는 새로운 이념의 대부분은 1960년대 후반에 보였

* 주부를 대상으로 하는 생활정보 잡지.

던 래디컬리즘, 카운터컬처에 그 뿌리를 두고 있지 않은가 생각한다. 예를 들어 자연식 지향, 피지컬 피트니스, 환경 음악, 좌익 체제의 해체, '순문학' 체제의 형해화, 사회구조의 수직성과 수평성의 분화 등등. 이들 모두의 원형은 1960년대 후반에 절실한 형태로 제출되었으며, 1970년대에는 동결되거나, 혹은 수면 아래에서 암암리에 진행되었던 것이다. 그러던 것이 1980년대에 들어서고 얼마 지나지 않아, 부드러운 현실의 진흙이 되어 의연히 표면으로 표출되었다. 그리고 그와 때를 같이하여 우리 60년대 세대가 그것을 상품화할 권한을 지닌 지위로 상승했다. 그렇기에 지금 세상은 그런 '부드러운 래디컬리즘'적 상품으로 충만한 것이다.

이 콤데가르송의 옷 역시 그 '부드러운 래디컬리즘'의 영역에 포함시켜도 무방하리라. 그런 식으로 생각하면 콤데가르송을 둘러싼 예의 요시모토 류메이 씨와 하니야 유타카 씨의 논쟁에도 나름의 필연성이 느껴진다. 즉 반핵과 콤데가르송을 동일선상에 두고 논하는 일이 결코 부자연스러운 작업이 아니라는 것이다. 내 논리대로 말하자면, 콤데가르송이 우리 자신의 연장이라면 핵무기 역시 우리 자신의 연장이다.

얘기를 조금 현실적인 쪽으로 되돌리자.

*

콤데가르송이라는 회사는, 비밀주의까지는 아니어도 취재에 대단히 엄격한 제한을 두고 있기로 유명하다. 따라서 내가 콤데가르송 공장을 견학하고 싶다는 말을 했을 때 매스컴 관계자 지인들은 "아무리 생각해도 그건 무리야"라고 이구동성으로 말했고, 사실 콤데가르송 측도 '그건 좀 곤란하다'며 거절했다.

교섭은 '어째서 곤란한가?'라는 의문으로 시작했다. '어째서 공장을 보여주면 안 되는가?' 하는 것이다. 창구가 되어준 홍보부의 다케다 씨가 상대였다.

다케다 씨에게도 의문이 있었다. '왜 하필이면 콤데가르송인가? 그것도 왜 공장인가? 콤데가르송의 공장을 견학하는 데 무슨 의미가 있는가? 제품이 모든 걸 말해주지 않는가?'

'어째서 의미가 있어야 하는가? 현재 어찌 보면 종교적이라 할 만한 인기를 모으고 있는, 콤데가르송이라는 최첨단 상품의 공장을 보고 싶다는 호기심 외에 다른 무슨 의미가 필요하단 말인가?'

우리에게 가장 행운이었던 것은, 이 다케다 씨란 분이 상당히 인내심이 많고 논리적인 여성이라는 점이었다. 우리는 몇 번이나 절충에 절충을 거듭하면서 우리의 기본적인 자세를 설명하고, 결코 뒤를 캐거나 우스꽝스러운 기사를 써서 조롱하려는 목적이 아님을 누누이 강조했다. 우리는 무언가를 긍정하거나 부정하기 위해 공장을 순례하는 게 아니다. 있는 그대로를 보고 싶을 따름이다. 그것을 긍정하거나 부정하는 건 입장이 다른 사람들이 — 또는 독자가 — 해야 할 작업이다. 그녀는 끈기 있게 우리 얘기에 귀를 기울였고, 마침내 이해해주었다. 그리하여 우리는 콤데가르송의 봉제 공장에 발을 들여놓을 수 있도록 최종 허가를 받은 것이다(콤데가르송과 나 자신의 명예를 위해 덧붙이자면 기사에 대한 제약은 두세 가지 사소한 것 외에는 없고, 체크도 없다. 나는 완전히 자유로운 입장에서 이 글을 쓰고 있다).

다케다 씨의 말을 빌리면, 콤데가르송이 취재를 극단적으로 꺼리는 가장 큰 이유는 그들이 지금까지 자신들에 대해 쓴 기사에 '상처를 받았기' 때문이다. 나는 패션에 관계된 잡지는 거의 읽지 않는 사람이라 어찌된 상황인지는 잘 모르겠으나, 주위 사람들 얘기를 들어보면 콤데가르송은 일부 사람들로부터 꽤나 반발을 사고 있는 모양이다. 과연 내가 보기에도 어쩐지 좀 건방진 듯하고, 사교적이지도 못하고, 자기 일만 생각하는 듯하니까(나의 인간적 특성과 흡사하다), 가까운 주변에는 몹시 화가 치미는 사람도 있을 것 같다. 그러나 그렇다손 치더라도 이 상처를 받았다는 표현은 꽤 흥미롭다. 개인이 정신적으로 상처를 받는다는 것은 이해가 간다. 그러나 개인들의 집합체인 회사라는 시스템이 과연 정신적인 상처를 받을 수 있을까? 나는 여기 가와쿠보 레이라는 한 사람의 훌륭한 디자이너를 정점으로 단단하게 결속되어 있는 콤데가르송이란 집합체의 '부드럽고도 내추럴한 자폐성'의 그림자를 보는데, 이런 발언도 어쩌면 그들=그녀들에게 상처를 줄지 모르겠다. 만약 그렇다면 용서하세요.

우선 간단한 강좌. 콤데가르송이란 기업의 구조를 설명하겠습니다.

①디자인

이것은 전적으로 가와쿠보 레이 씨 혼자 담당한다. 벌집으로 말하자면 여왕벌. 원 앤드 온리 부문이다.

②치프

이 사람이 가와쿠보 씨 직속으로 생산부를 통괄한다. 역할은 간단히 말해 가와쿠보 씨의 디자인을 실제 상품으로 변환시키는 것이다. 매니지먼트의 심장부라 하겠다. 치프 밑에 패터너와 공장 출하(생산 관리) 부문이 있다.

그림으로 요약하면,

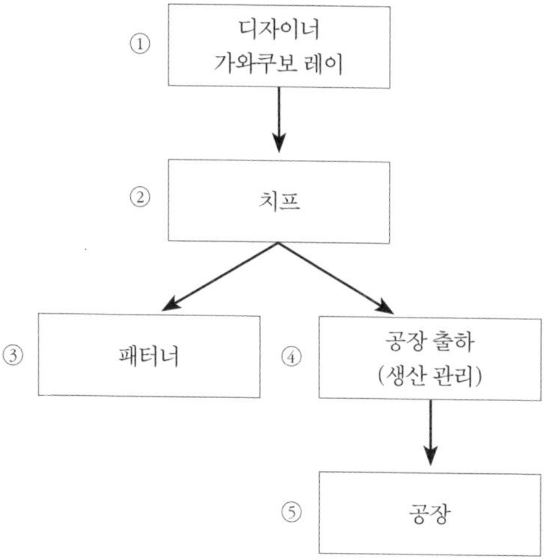

이런 시스템이다. (※영업 부문은 제외했다.)

③패터너

가와쿠보 씨의 디자인을 보고 실제로 옷을 만들어보는 사람이다. 전부 스물다섯 명 정도. 이미지만 표현한 스케치를 실물로 만드는 셈이니까 상당한 능력이 요구된다. 물론 완성한 실물은 가와쿠보 씨가 체크한다. 그 작업을 거쳐 패턴(부품) 수를 결정하고, 종이본을 만든다.

④공장 출하(생산 관리)

패터너가 쓴 봉제 지시서에 따라 옷감의 길이와 패턴을 어떻게 잘라낼지 결정하고, 지퍼와 단추의 개수, 심의 양 등을 체크한다. 확실하게 그 옷을 만들어낼 수 있을 만큼의 재료를 마련해 세팅하고, 그 세트를 공장에 가져간다. 그리고 봉제가 끝난 제품을 체크한다.

⑤공장

드디어 이 취재의 메인인 공장으로 들어갈 텐데, 먼저 양해를 구해둘 것은 '콤데가르송 공장'이라는 어느 특정 공장이 '마쓰시타 전기 공장'이나 '하우스 식품 공장' 같은 형태로 어딘가에 존재하는 것은 아니라는 점이다. 최신에 첨단기술을 갖춘 공장에서 삼백오십 명쯤 되는 여공들이 가와쿠보 레이 씨가 디자인한 유니폼을 입고…… 이런 상황이라면 무척 재미있을 텐데, 그렇지는 않다. 콤데가르송은 디자인 제작과 영업만 하는 회사고, 실제 봉제는 외부의 봉제 공장으로 '발주'된다.

공장의 규모는 저마다 각각 다른데, 대규모인 곳은 전부 기계화되어 있는 반면 소규모인 곳은 부부와 파트타이머 아주머니로 구성된 가내공업적인 경우도 있다. 공장에 따라서는 콤데가르송 이외의 브랜드 제품을 동시에 만드는 곳도 있고(주로 대규모 공장), 콤데가르송의 상품만 만드는 곳도 있다(주로 소규모 공장). 콤데가르송에 관련된 공장 수는 이십여 군데인데, 이 수는 시즌에 따라 변한다. 예를 들면 올해(1986년) F/W 시즌 콤데가르송은 재킷에 주력하고 있으므로, 재킷 계통을 잘 만드는 공장에 발주하는 양이 많아지는 것이다.

한국이나 대만 등 외국 공장으로 봉제를 발주하는 일은 없다. 그 이유는 ① 한 디자인당 상품 생산 수가 극히 적어 외국으로 발주하는 메리트가 없고, ② 봉제 지시와 체크가 꼼꼼하게 이루어지므로 공장이 멀리 있으면 곤란하다는 것이다. 이쪽 업계와 가까운 한 매스컴 관계자 지인이 "콤데가르송의 옷은 대부분 한국제죠"라고 말한 적이 있는데, 그건 아닙니다.

그 밖의 '콤데가르송 정보'로는 이런 것이 있다. ① "콤데가르송의 옷이 아무리 좋다 해도 사실은 고토구에 있는 영세 공장에서 만든다고." ② "그런 평범한 옷에다 '콤데가르송'이라는 브랜드를 갖다붙이는 것만으로 비싼 가격이 매겨진다니까." 뭐 이런 것들이다. 콤데가르송의 다케다 씨가 처음에 우리에게 상당히 경계하는 태도를 보였던 것도 어쩌면 그런 비난을 염두에 둔 탓인지도 모르겠다. 갖가지 있는 말 없는 말을 들어야 하는 것이 유명인, 아니, '유명 집합체'의 숙명입니다.

그래서 결론부터 얘기하자면, 소문 ①은 사실입니다. 실제로 우리가 안내받은 곳이 바로 고토구의 모처에 있는 자그마한 공장이었다. 소문 ②에 대해서는, 실제로 현장에서 원가를 계산해 본 게 아니니까 타당한지 아닌지 뭐라 단언할 수 없다. 대충 느낌으로 판단하는 수밖에 없겠다. 그 문제는 이 글을 읽고 독자 여러분 스스로 판단해주세요.

*

미야시타(가명) 씨의 공장은 고토구 모처에 있다. 가명이나 모처라고 쓰는 것은 실명을 밝히지 말아달라는 콤데가르송 측의 요청 때문이다. 그 이유는 '이 업계도 상당히 경쟁이 치열해서'라고 한다. 요컨대 봉제공을 스카우트해가거나, 정보가 새나가는 것을 방지하기 위함이겠다.

공장이라지만 솔직히 말하면 변두리에 있는 극히 평범한 건물이다. 입구도 비좁고, 현관에서 신발을 벗으면 바로 옆에 경사가 가파른 계단이 있다. 문패에는 '미야시타'라고만 쓰여 있어서, 여기가 그 유명한 콤데가르송의 옷을 만드는 공장이라고는 누구도 알 수 없다. 마치 〈나폴레옹 솔로〉에 등장하는 UNCLE의 비밀본부 입구 같은 느낌이다. 이 책에서 취재한 공장 중에서도 제일 작다.

1층은 미야시타 씨가 사는 집이고, 2층을 공장으로 쓰고 있다. 다다미 8조짜리 방 한 칸과 6조짜리 방이 L자형으로 이어진 정도의 넓이에, 바깥은 베란다다. 베란다에서는 토마토 같은 것들이 싱싱하게 자라고 있다. 그 너머로는 옆집 창문이 보인다.

어딘가에서 개 짖는 소리가 들린다. 아무려나 상관없지만, 내가 한때 얹혀살았던 분쿄구 하야시초에 있는 처갓집 분위기와 조금 닮은 구석이 있다.

방 한쪽에는 미야시타 씨가 본을 따라 옷감을 잘라내는 재단 작업대가 있고, 그 옆에 미야시타 씨의 부인과 파트타이머 아주머니 A씨가 스팀다리미질을 하는 작업대가 있다. 베란다에 면해 있는 두 대의 재봉틀 앞에는 미야시타 씨의 며느리와 파트타이머 아주머니 B씨가 앉아 재단된 옷감으로 열심히 재봉질을 하고 있다. 차그르르 하는 재봉틀 소리와 슛슛 하는 스팀다리미 소리가 뒤섞여 분위기가 제법 아늑하다. 어쩐지 1950년대로 '백 투 더 퓨처'한 기분이 든다. 이런 공장은 정말 정겹고 좋군요. 누가 지금 무엇을 하고 있는지 한눈에 알 수 있는 공장은 지금 같은 시대에 흔치 않다.

—직원은 여기 있는 사람이 전부입니까?

미야시타 아니요, 마무리 작업을 하는 사람이 있습니다. 우리는 '정리'라고 하는데, 그 작업은 여기서 하지 않습니다. 그리고 단춧구멍을 뚫는 작업은 기계로 해야 하니까 단추 전문점에 가서 하고…… 그래서 여기서 만든 옷에는 단추가 아직 안 붙어 있어요. 그다음이 프레스다리미질. 이렇게 커다란 기계에 끼워

고토구의 모처에 서 있는 두 사람

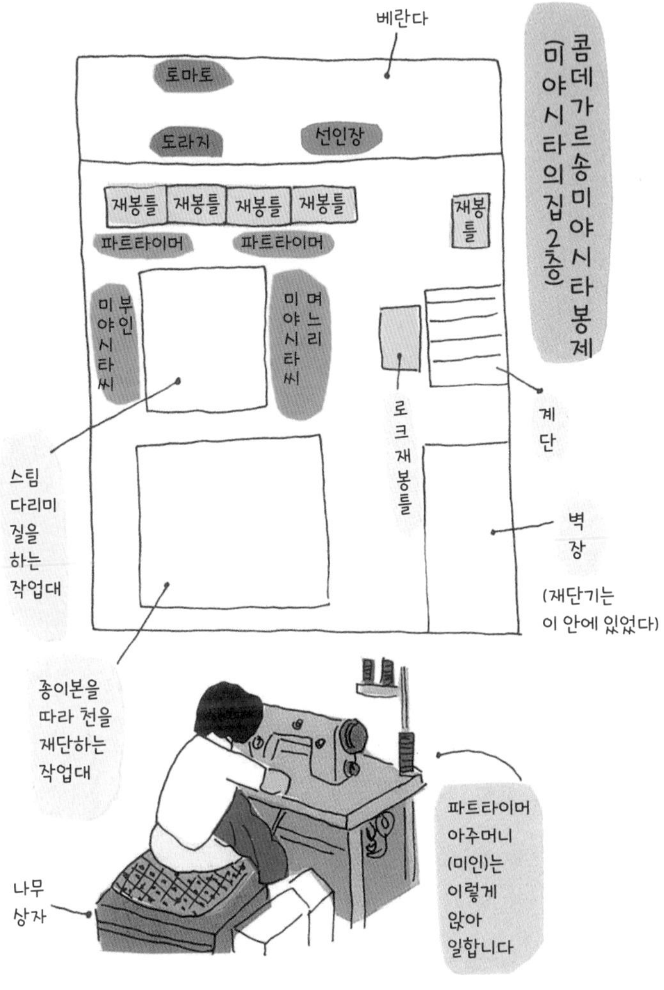
콤데가르송 미야시타 봉제
(미야시타의 집 2층)
베란다
토마토
도라지
선인장
재봉틀
재봉틀
재봉틀
재봉틀
재봉틀
파트타이머
파트타이머
부인 미야시타 씨
며느리 미야시타 씨
로크재봉틀
계단
스팀 다리미질을 하는 작업대
벽장
(재단기는 이 안에 있었다)
종이본을 따라 천을 재단하는 작업대
파트타이머 아주머니 (미인)는 이렇게 앉아 일합니다
나무 상자

넣는 겁니다. 콤데가르송의 경우는 이 프레스도 종류가 다양합니다. 아주 매끈하게 누르는 것도 있고, 일부러 주름을 만드는 것도 있고.

—지금 만드는 건 여자 재킷 같은데, 미야시타 씨는 줄곧 이런 옷을 만드셨습니까?

미야시타 아닙니다. 전에는 신사복을 만들었죠. 그런데 도무지 경영이 부진해서 여성복으로 바꾼 겁니다. 전쟁 직후 한때는 신사복 경기가 무척 좋았거든요. 하지만 신사복은 회전이 그다지 빠르지 않잖습니까. 게다가 경쟁도 심하고. 요컨대 재봉사라면 누구나 지을 수 있거든요. 그러니까 재봉사가 모두 신사복에 집중되어서 이윤이 적어진 겁니다. 대만이나 한국으로도 발주를 하니 경영이 곤란해지고, 그래서 여성복으로 전환한 거죠.

—어떻습니까, 콤데가르송 일은 재미있습니까?

미야시타 후후후. 나는 재미있어요. 매일 일종의 발견이 있죠. 물론 우리는 디자이너가 발견한 것을 뒤따라갈 뿐이지만, 그래도 나에게는 거기까지 도달하는 것 자체가 발견이니까 말입니다. 그게 즐겁죠.

—종이본을 받아들고 죽 훑어본 다음, '도대체 이런 기묘한 옷이 팔릴까?'라는 생각을 하실 때도 있습니까?

미야시타 그렇죠, 우리도 재봉질을 하면서 이 옷은 어떻게 입어야 하나, 기발한데, 하고 감탄할 때가 있지만, 모델이 입은 걸 보면 그렇게 터무니없어 보이지도 않아요(웃음). 그러니까 사전에 한번 쇼를 보는 것도 도움이 됩니다. 그러면 그럴듯하다 싶어 수긍이 가죠. 역시 디자이너 나름의 생각이 있구나 싶기도 하고(웃음).

—기발하다면 기발한 옷이 꽤 많았죠, 지금까지?

미야시타 음, 최근에는 그렇지만도 않습니다만, 한때는 참 희한한 옷들을 만들었죠. 가령 등에 막자사발을 업은 것 같은 옷도 있었어요.

다케다 (옆에서 설명) 그 무렵이 마침 가와쿠보 씨가 입체감 있는 옷을 만들고 싶다고 해서, 옷을 입었을 때 울퉁불퉁하게 튀어나오고 들어가고 하는 것이 눈에 보이도록 만들던 시기입니다. 그것도 그렇고, 몸통 부분 일부에 감을 덧대어 언뜻 구멍이 뚫린 것처럼 보이는 옷 같은 것도 있었으니, 당시에는 정말 굉장했겠죠.

미야시타 그런 옷들은 처음 만들기 시작할 때는 신경써서 작업하니까 그런대로 잘 진행되지만, 순서를 대략 파악한 후 대충 이렇게 하면 되겠지 싶어 만들면 반쯤은 엉망이 됐었습니다. 안으로 들어가야 할 것이 반대로 밖으로 튀어나온다든가 말이죠, 괴수 중에 왜, 산을 등에 업고 있는 거 있잖아요. 그런 모양이 돼

버렸어요.

―전혀 일한 보람이 없었겠군요.

다케다 아, 그런 얘기는 쓰지 마세요(웃음). (※쓰고 말았습니다, 죄송.)

미야시타 씨는 양복장이 외길만 걸어온 사람답게 사뭇 싹싹한 아저씨로, 하는 얘기도 꽤 재미있다. 콤데가르송 본사의 말쑥한 분위기와는 이미지가 영 맞지 않지만 일하는 걸 더없이 즐거워하며, 새로운 것이나 복잡한 제품을 만들면 오히려 더 신이 나 하는 타입이다. 그래서 곁에서 보고 있자니 '으음, 이런 사람이 콤데가르송을 뒷받침하고 있구나' 하고 수긍이 가는 구석이 있었다. 거꾸로 말하면, 이런 사람을 찾아내는 것도 디자이너 브랜드의 중요한 일 중 하나일 것이다.

공장은 일요일과 공휴일에는 쉬게 되어 있지만 미야시타 씨는 휴일에도 혼자 다음 일주일 분 일거리를 챙기며 작업이 원활하게 돌아가도록 준비해둔다고 한다. 구석구석 치밀하게 체크하지 않으면 안심을 못하는 성격인 듯, 실제로 공장 일의 흐름도 매끄러워 보이고, 적은 인원으로 효율적으로 일하고 있다는 분위기가 전해진다.

— 지금 만드시는 이 재킷은 본이 몇 장 정도로 나뉘어 있나요?

미야시타 이건 스물세 장.

— 상당히 많군요.

미야시타 보통 제품의 두 배 정도 됩니다. 보통 옷 같으면…… 대개 열 장 이하죠. 대충 필요한 부분을 꼽아보면, 우선 앞판이 있어야겠죠. 그다음은 등판, 소매가 둘, 소맷부리, 그리고 깃. 나머지는 주머니 본 정도라 일고여덟 장으로 끝납니다. 그러니까 재단을 할 때도 이렇게 겹쳐놓고 양쪽을 한꺼번에 뜰 수 있죠. 하지만 콤데가르송은 전부 늘어놓고 한 장씩 떠야 합니다. 시간이 무척 많이 걸리죠. 하지만 뭐, 그런 건…… 익숙하니까요, 이제.

— 제가 잘 몰라서 그러는데, 재단은 가위로 합니까? 싹둑싹둑?

미야시타 아닙니다. 지금은 재단기라는 기계를 사용하죠. 이겁니다(라며 꺼내온다. 대형 녹즙기만한 기계다). 이것 사이에 감을 끼워 자릅니다. 그리고 안감 같은 건 이런 나이프로, 우리는 나이프라고 부르는데, 이것으로 자릅니다(라고 말하며 녹색 천으로 둘둘 만 소도小刀 세트를 꺼낸다). 옛날에는 모두 이걸 썼죠. 음, 그러니까 1960년대 중반까지는 이걸로 잘랐습니다. 1965년인가부터 기계가 도입되었어요.

— 그럼 기계화된 부분도 있다는 얘기군요. 1965년이라면 도쿄 올림픽이 열린 이듬해……

미야시타 그리고 옷깃을 뒤집어놓고 심과 몸통 부분을 고정시킬 때도, 지금은 접착제를 사용하지만 옛날에는 전부 손으로 누볐습니다. 그 기계가 들어온 것도 역시 1960년대 중반 무렵부터죠.

—다리미는 어떤 목적입니까?

미야시타 다리미는 재봉한 것을 차분히 가라앉히기 위해 사용합니다. 재봉을 한 후 다림질을 하죠. 한 번 재봉질을 하면 그 자리에 바로 다림질을 해 감이 제자리를 잡도록 하는 겁니다. 곧바로 다림질을 하지 않으면 나중에 하기 어려워지니까요. 필요한 부분까지 재봉을 하고, 또 필요한 부분에서 다림질하고, 그런 작업이 계속 반복되며 진행되는 겁니다. 큰 공장 같으면 이런 단계가 계속 흘러가죠. 그러니까 어떤 사람이 만약 주머니를 만든다 치면 주머니 다림질만 하고, 그게 끝나면 그다음 단계로 넘어가요. 거기서 가장자리 장식을 달고, 그다음 단계에서는 덮개 씌우는 사람이 덮개만 씌우고…… 그러니까 결국 하루종일 똑같은 일만 하는 셈입니다.

—그 정도라면 나도 할 수 있을 것 같군요. 주머니에 덮개를 씌우는 정도라면. 그런데 여기서는 한 사람이 몇 가지 공정을 담당하고 있다는 거죠?

미야시타 맞습니다. 일이 다른 사람 손에 넘어갔다가도 다시 돌아오죠. 그러니까 이런 곳에서 일하는 사람은 어느 정도 기술이 필요합니다. 하지만 큰 공장에서는, 솔직하게 말씀드리면 바보라도 할 수 있어요. 한 가지 일만 하면 되니까요. 주머니 덮개면 주머니 덮개, 한 가지 일에만 숙달되면 그만이죠. 하지만 우리 공장에서 그랬다간 주머니만 잔뜩 생기고 아무런 소용이 없거든요(웃음). 그러니까 본이 스물몇 조각이면, 스물몇 번 갔다가는 되돌아오는 셈이죠.

하루 생산량 말씀입니까? 음, 어려운 질문이군요. 간단한 제품은 꽤 많이 만들 수 있습니다. 하지만 한 사람이 여러 일을 맡아야 하는 상황이니까, 두 벌 정도 만들면 괜찮은 편이 아닐까요. 이런 일에는 손이 많이 가니까요. 한 사람당 두 벌이면 다섯 명에 열 벌…… 그러면 좋겠습니다만 사실 그렇게까지 안 돼요. 가능하면 두 벌 정도는 만들고 싶은데……

— 저, '이런 제품을 만들어달라'고 종이본과 봉제 지시서가 내려오면, 그것만 보고 이 제품은 팔리겠다 혹은 안 팔리겠다는 걸 알 수 있습니까?

미야시타 혼자 상상은 해봅니다. 그러나 실제로 얼마나 팔리는지는 몰라요, 회사의 영역이니까. 다만 우리가 일하면서 괜찮다고 생각했던 상품의 벌 수가 영업부에서 내려오면, 아아, 역시 괜찮았구나, 싶죠……

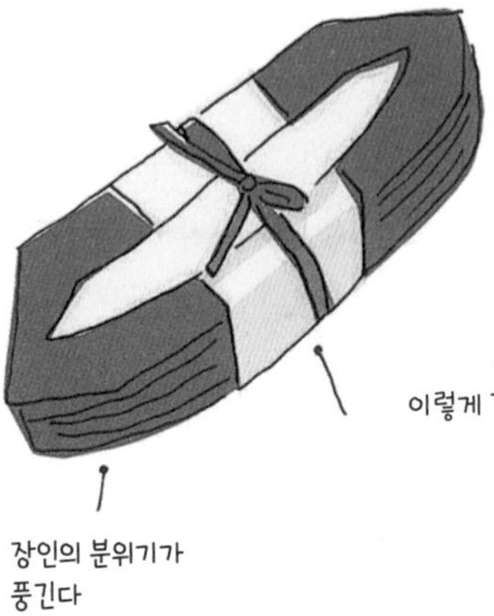
장인의 분위기가
풍긴다

종이본은
이렇게 걸어둔다

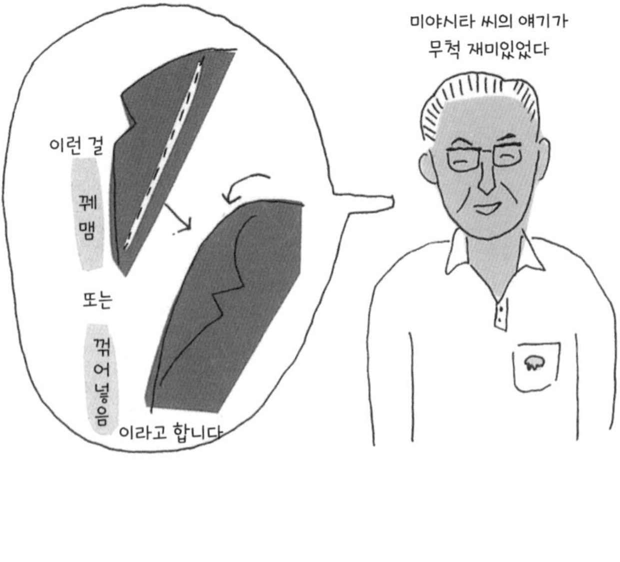
미야시타 씨의 얘기가
무척 재미있었다
이런 걸
꿰맴
또는
꺾어넣음
이라고 합니다

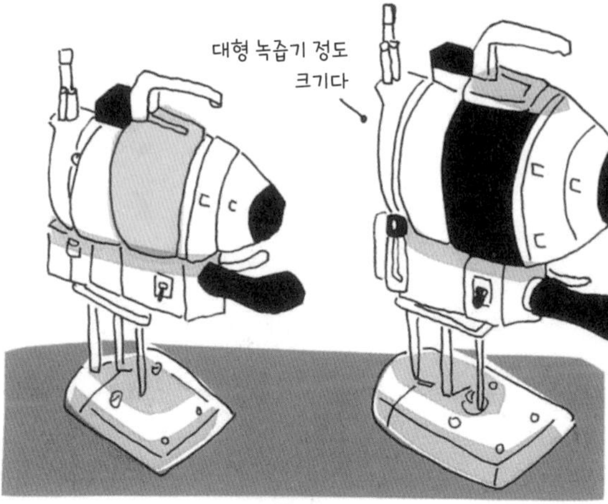
재단기
(대·소 두 종류)
대형 녹즙기 정도
크기다
미야시타 씨가
1965년경부터
사용하고 있습니다

안감은
이런 나이프로
자릅니다.
1960년대
중반까지만 해도
나이프로 재단했다

—벌 수가 내려온다는 게, 무슨 뜻이죠?

다케다 (옆에서 설명) 전시회나 쇼를 열기 전에, 차후에도 아마 이 공장에 주문하지 싶은 의상을 먼저 부탁드립니다. 그리고 전시회 등의 행사에서 손님의 주문이 들어오면 그 주문에 따라 생산 벌 수를 결정하는데, 그게 미야시타 씨에게도 전달되거든요. 그때 '아, 이 의상은 주문이 스무 벌 들어왔다. 이건 서른 벌이고' 하고 알 수 있는 거죠.

미야시타 뭐, 모든 옷이 잘 팔리는 건 아니지만 말입니다. 회사나 사장님 본인도 어느 정도 팔릴지는 모를걸요. 그리고 잘 팔리지는 않더라도 만들고 싶은 옷도 있을 거고, 우리가 '아, 좀 유별난 옷이군, 기대돼' 하는 옷도 있고 말이죠. 콤데가르송은 그런 점이 좋잖습니까? 나 같은 경우, 아니, 우리 공장의 직원 모두 마찬가지일 거라고 생각하는데, 어떻게 완성될까 하는 일종의 흥미, 그런 호기심이 작업의 원동력 아닐까 해요.

—가족분들은 콤데가르송의 옷을 입습니까?

미야시타 음, 딸이 하나 있는데 콤데가르송을 입을 수 있을 만큼 늘씬하진 않아서(웃음). 바로 옆집에 콤데가르송의 열렬한 팬이라는 아가씨가 한 사람 있긴 하지만요. 그리고 여행을 가잖습니까. 무슨 단체 투어 같은 거요. 그런 데 가면 자기소개를 하라고 하거든요. 그래서 나는 콤데가르송의 옷을 만드는 일을 합니다라고 말하면, 역시 젊은 여자들이…… 꺄꺄거리면서 좋아들 하죠. 그러면 나도 그만 기분이 좋아져서, 같이 어울려 술을 마시기도 하고. (※이 부분은 콤데가르송의 내추럴 사상에서 얼마간 벗어난 것 같은데, 미야시타 씨도 매일 열심히 일하고 있으니까 여행 때만은 눈감아주십시오.)

—마음에 드는 옷이 완성되면, 사람들이 잘 모르는 옷 아랫단 같은 데 이름을 슬쩍 새겨둔다거나 하는 일 없습니까?

미야시타 하하하. 그랬다가는 사장이 화를 냅니다. 신사복 같은 경우는 심에다 이름을 쓰는 사람이 있어요. 제품이 다 완성되고 나면 알 수 없으니까 말입니다. 아무도 눈치를 못 채죠. 옛날에는 그런 은밀한 자기만족을 즐기는 사람들이 꽤 있었는데, 최근에는 많이 없어졌어요. 이전에는 그런 장인 근성 같은 게 있었죠.

—이 집게는 어디에 씁니까? 뭔가 말리는 데?

미야시타 그건 관계없습니다. 비가 와서 우리집 빨래를 집안으로 걷어온 것뿐입니다. (※미야시타 씨의 부인을 비롯, 파트타임으로 일하는 아주머니들 모두 킥킥 웃음.)

저, 내가 이런 말을 하면 주제넘을지 모르겠습니다만, 지금까지는 도매상이 주로 디자이너를 고용했습니다. 일주일에 한 번 무슨 요일에 우리 회사에 오라는 식으로 고용했죠. 그러면 그 디

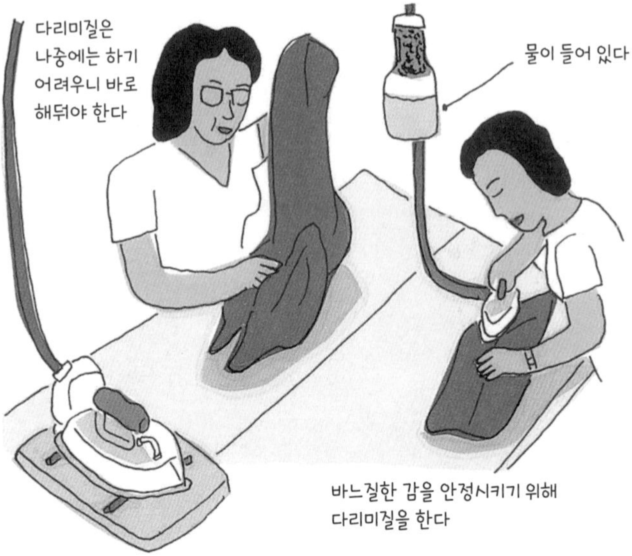
다리미질은
나중에는 하기
어려우니 바로
해둬야 한다
물이 들어 있다
바느질한 감을 안정시키기 위해
다리미질을 한다

베란다에는
토마토가
먹음직스럽게
열려 있었다

콤데가르송
사진집에서
이런 그림엔
재주가 없어서
미안합니다
미즈마루
우리 옆집에
콤데가르송의
열렬한 팬이라는
아가씨가 한 사람
있어요

자이너가 돌아다니면서 일하는데, 디자이너라고 해봤자 그저 본을 신경쓸 뿐 별다른 일은 안 했습니다. 그저 돌아다니기만 했어요. 그런데 최근에 내가 흥미롭게 생각하는 것은, 가령 콤데가르송의 가와쿠보 레이 씨처럼 디자이너가 직접 일을 해나가는 시대가 왔다는 것입니다. 지금까지 디자이너는 자본가에게 고용되어 있었는데, 이제는 그게 아니라 스스로 모든 걸 해치웁니다. 자기가 만들고 싶은 것을 만들죠. 그리고 거기에 흥미를 느끼는 사람이 그 사람 주변에 모여드는 겁니다.

이렇듯 '콤데가르송' 재킷에 미야시타 씨의 서명은 들어가지 않지만, 그런 것과 하등 관계없이 미야시타 씨는 즐거운 마음으로 콤데가르송의 옷을 만들고 계셨습니다. 그 모습을 보고 있자니, 나도 '이 재킷을 소중하게 입어야지' 하는 마음이 생겼다.

그리고 마지막으로 '콤데가르송'이란 브랜드의 부가가치가 가격에 반영되지는 않는가 하는 문제. 다케다 씨에게 물어보았더니 "우리 회사 같은 생산량으로 이렇게 손이 많이 가는 공정을 거치자면 어떻게 해도 단가가 올라갑니다. 원단도 오리지널이라 비용이 많이 들고요. 그러니까 자연히 그 정도 가격이 되는 겁니다"라고 한다.

적어도 재킷만은 필시 그 말씀대로라고 나도 생각한다. 다른 품목은 내 눈으로 보지 못했으니 뭐라 얘기할 수 없다. 하지만 레스토랑을 운영하지 않는다는 것만으로도 '콤데가르송'의 경영 자세는 전체적으로 꽤 성실하지 않은가. 양복집에서 경영하는 레스토랑은 바보같이 잔뜩 멋만 부리고, 음식도 대개 맛이 없다. 그런 무의미한 다양화를 꾀하지 않는 것은 다른 게 어찌됐든 하나의 식견이라고 나는 — 개인적으로 — 생각한다.

"물론 업계의 이중구조란 건 존재합니다"라고 다케다 씨는 말한다. 요컨대 독자적으로 디자인한 것을 한 벌 한 벌 만들어내는 소위 '디자이너 브랜드' 제품과는 별도로, 일반 공장에서 대량생산한 제품에 브랜드를 붙여 팔면서 돈을 버는 수법이다. 그런 행위를 어느 선까지 용납하는가, 아니면 용납하지 않는가 하는 것은 결국 경영자의 자세와 프라이드의 문제다. 그러나 소비자가 상품을 보고 그걸 분간한다는 건 몹시 힘든 일이다.

○

하이테크 전쟁

●

테크닉스 CD 공장

앞장의 콤데가르송의 공장도 취재하기 퍽 힘든 상대였는데, 이번 CD(콤팩트디스크) 공장의 취재 규제는 그보다 두세 배는 엄격했다. 설마 이렇게 엄격하리라고는 예상치 못하고 가벼운 기분으로 '자, 이번에는 하이테크 관련 공장에 가볼까' 하고 아는 사람을 통해 소니와 빅터의 공장에 취재를 신청했더니, 양쪽 모두에서 깨끗이 거절당했다. 두말할 여지 없는 문전박대다. 견학? 농담이겠죠, 우리는 기업의 사활을 걸고 전쟁을 하고 있단 말입니다. 그런 곳에 아무것도 모르는 문외한이 반쯤 재미 삼아 어영부영 기어들어오다니 될 말입니까, 하는 험상궂은 분위기가 전해져온다.

하긴 듣고 보니 그 말도 일리가 있다. 나는 순수한 호기심에서

'음, 무슨무슨 공장을 한번 보고 싶은걸'이라고 문득 생각하고는 부담 없이 훌쩍 견학을 가는 것이지만, 공장 입장에서는 다들 생계를 걸고 열심히 일하고 있는데 수상한 외부인이 들어와 얼쩡거린다면 심히 불쾌할 것이다. 정말 오기라도 했다가는 바쁜 와중에 안내며 설명을 해야 하고, 게다가 망측한 글을 쓰지나 않을까 신경도 써야 한다(특히 나처럼 비업계, 비저널리스트는 무슨 소리를 쓸지 알 수 없으니 싫어한다).

실제로 견학을 하면서 '이것참 미안하게 됐는걸' 하고 생각할 때도 종종 있고, 폐를 끼치게 되는 경우도 있고, 상대방이 불쾌해할 질문을 일부러 던지는 일도 있다. 그러나 변명하려는 건 아니지만 취재라는 것은 모름지기 그런 성격의 것이라서, 상대방에게 훼방을 놓거나 폐를 끼치지 않으면 상황의 진면목이 좀처럼 모습을 드러내주지 않는다. 네, 이번에는 이쪽으로 와주세요, 이건 이런 것입니다, 네 그렇습니까, 다음은 이쪽…… 하는 식으로 초등학생 같은 견학을 해서는 도저히 탐방기를 쓸 수 없다. 그러니까 잘 모르는 부분은 속속들이 몇 번이고 묻고, 보고 싶은 곳은 시간을 할애해 충분하고도 세세하게 본다. 상대방을 도발해 얘기하고 싶어하지 않는 부분까지 말하게 한다. 바닥의 먼지까지 손으로 쓱 만져본다. 한마디로 민폐다. 따라서 CD 공장에서 잇따라 문전박대를 당했다고 불평을 늘어놓을 처지는 못 된다.

그런 사정은 잘 알겠지만 그래도 CD 공장이 보고 싶다. "안됩니다"라고 하면 할수록 보고 싶은 마음이 들끓는 게 인지상정이다. 생각해보니 지금껏 공장 견학을 해오면서 취재 자체에 전적으로 "NO"라는 의사를 표명한 기업은 CD 공장이 처음이다. 그 사실만으로도 CD 공장을 견학해볼 가치는 충분할 것 같다.

그렇다면 CD 공장은 왜 그렇게 견학이나 취재를 꺼릴까?

우선 첫번째 이유는 티끌과 먼지가 CD 생산의 천적이기 때문이다. CD는 극히 세밀하고 정확하게 만들어지기 때문에, 눈에 보이지 않을 정도의 미세한 먼지나 이물질이 섞여들어도 불량품이 생기고, 그 탓에 생산 라인이 24시간 멈추기도 한다. 따라서 생산 공정의 중추에는 되도록 사람을 들여보내지 않으려 한다.

그리고 두번째 이유는, CD 생산이 현재 수요를 따라잡지 못하고 있기 때문이다. 요컨대 상상할 수 없을 만큼 바쁜 것이다. 하루 24시간 풀가동하는데도 모자란다고 하니, 견학하는 사람에게 신경쓸 틈은 없겠다.

세번째 이유는 기업 비밀 유지. 말할 필요도 없이 각 기업은 자사의 최첨단 기술을 CD 생산에 결집시키고 있는 터라, 그 정보가 타사로 흘러들어가는 것을 극단적으로 꺼린다. 나 같은 문외한이 봐보았자 뭐가 뭔지 하나도 모르지 않나 싶겠지만 그게 또 그렇지가 않다.

가령 내가 어떤 기계를 보고 "이런 기계가 있었습니다"라고 설명하는 것만으로도, 타사의 엔지니어는 그 기계가 어떤 구조고 어느 정도의 기능을 하는지 단번에 알 수 있고, 단시간에 동일한 성능을 지닌 기계를 만들어낼 수도 있다는 것이다. 예를 들어 A사가 반년에 걸쳐 독자적으로 개발한 기계를 B사에서 힐끗 보기만 해도 이 주 안에 그와 똑같은 것을 만들어낼 수 있다고 전문가는 말한다. 그렇게 되면 A사가 반년 동안 쏟아부은 연구비는 헛수고가 되고 말 것이며, A사는 화가 치밀 게 뻔하다. 뭐 그만큼 각사의 기술력이 엇비슷하고 경쟁 원리가 철저하게 기능하고 있다는 뜻이겠으나, 나 같은 사람은 도무지 이해할 수 없는 세계다. 우리 일반인들은 모르는 장소에서 밤낮으로 격렬한 전투가 벌어지고 있는 셈이다. 말 그대로 전쟁이다. 지금껏 실적을 올려온 전자회사도 이 하이테크 전쟁에서 단 한 가지라도 실수를 하면 그 존재가 위태로워질 만큼 급격한 전환이 진행되고 있는 것이다. 그런 마당에 아무런 이득도 안 되는 견학자를 받아들일 여유는 없다.

그런고로 우리가 마쓰시타 전기=테크닉스 CD 공장을 견학할 수 있었던 것은 실로 행운이라 하지 않을 수 없다. 어째서 마쓰시타만 오케이를 했는지는 솔직히 나도 잘 모른다. 아마 타이밍이 좋아서였을 것이다. 이번에 중개 역할을 맡아주신 오디오

평론가 F씨도 "어떻게 허가가 떨어졌는지 도통 모르겠다. 불가사의하다"고 하니까, 이거야말로 행운이랄 수밖에.

그렇다고 하나에서 열까지 얘기가 순조롭게 풀려나간 것은 아니다. 일단 허가는 났지만 연달아 두 번이나 약속이 취소되었고, 이런저런 일이 있고 난 후에야 간신히 공장에 발을 들여놓을 수 있었다.

타이밍이 좋았다는 것 외에 마쓰시타가 우리의 견학을 허가해준 이유를 굳이 찾아본다면, CD 소프트웨어 생산 경쟁에서 한발 물러나 있는 자의 여유 덕분인지도 모르겠다. 즉 빅터, 소니, 도시바, 컬럼비아 등의 회사가 독자적인 음악 소스를 가지고 풀가동하는 데 비해, 마쓰시타는 자사의 음악 소스 없이 해외의 중규모 레코드 회사(예를 들면 텔락)의 수주 생산에 머물러 있기 때문이다. 그런 사정은 매월 생산량의 차이에서도 현저하게 드러난다. 예를 들어 1986년 봄 자료에 의하면,

① CBS 소니 — 160만

② 일본 컬럼비아 — 150만

③ 일본 빅터 — 110만

이라는 월 생산량에 비해 마쓰시타는 20만 장에 불과하다. 물론 하루가 다르게 변화하는 세계니까 지금은 이 수치에도 상당한 변화가 있을 것이다. 그렇다 해도 마쓰시타의 소프트웨어 생

산 라인 개발이 타사에 비해 비교적 뒤떨어져 있다는 것은 분명한 사실이다. 그러나 내가 보기에 마쓰시타는 오히려, 일단 한 손에 CD 소프트웨어를 확보해두고 이미 다음 단계로 눈을 돌린 듯하다.

음악 CD는 일단 과도적 산물로 취급하고 '연구'를 위해 제대로 정복해둔 뒤, 당장의 생산 경쟁에 뛰어들지 않는 대신 힘을 축적해 다음 단계를 노리며 숙적 소니를 쳐부수겠다는 자세가 확실하게 엿보인다. 어찌 보면 CD 소프트웨어를 응용한 한층 고도의 하이테크놀로지(예를 들면 광학식 컴퓨터 메모리나 기록이 가능한 CD)를 지향하기 때문에, CD 규격 통일 같은 문제에서는 미련 없이 필립스=소니 진영에 항복하며 손실이 큰 정면승부를 피한 것인지도 모른다. 어째 거대한 오셀로게임 같군요.

지금까지 읽어오신 독자분 중에는 "여러 가지 어려운 얘기는 잘 들었다. 그런데 CD가 도대체 뭐냐?" 하는 분도 계실 테죠. 그래서 일단 CD에 대해 간단히 설명하겠지만, 이건 완전히 들은 풍월에 지나지 않습니다. 정말 세부적인 것까지는 저도 잘 몰라요. 설명을 제대로 하고 있는지 어떤지도 모르겠습니다. 그러니까 어디까지나 '문외한의 눈으로 본 전문적 지식'으로 받아들여 주십시오.

CD란,

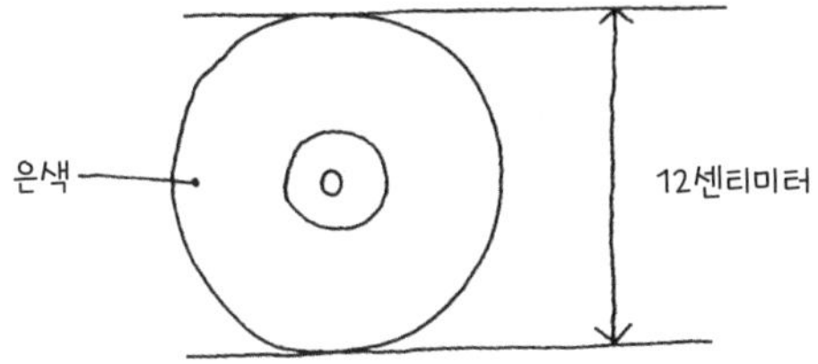

이렇게 생긴 것으로, 여기에 약 칠십 분 정도 길이의 음악이 녹음되어 있으며, 그 정보를 CD플레이어의 레이저 빔이 읽어내 음성화하는 원리입니다. 종래의 레코드(블랙 디스크)와 가장 다른 점은, BD가 실제로 눈에 보이는 레코드의 홈이라는 물리적 신호를 바늘로 더듬어 읽어내는 것에 반해, CD는 이진법의 디지털 신호를 기호로 읽어낸다는 데 있다. 간단히 말해 '0110101110……'이라는 숫자의 나열을 조합하면 그것이 음악이 되어 흘러나오는 셈이다. 도저히 믿을 수 없다는 사람은 안 믿어도 상관없다. 믿지 않아도 CD를 CD플레이어에 집어넣고 스위치를 누르면 어김없이 소리가 나온다. 느닷없이 하늘에서 외계인이 내려와 "아주 듣기 좋은 소린데, 어떤 원리로 나오는 것인가?"라고 혹 질문한다면 "음, 그러니까, 이것은 그……"하고 우물쭈물해야 하는 게 좀 부끄러울 뿐, 딱히 난처한 일은 하나도 없다. 토스터 같은 것처럼 제품의 원리를 100퍼센트 알고 있어 고장났을 때 제 손으로 수리할 수 있는 종류의 물건이 결코 아니기 때문이다.

그렇다면 CD는 BD에 비해 어떤 장점을 갖고 있는가? 먼저 소리가 좋다. 정보가 정확한데다가 수집에 실수가 없으니 지금까지 들리지 않던 소리까지 똑똑하게 들린다. 바늘 때문에 잡음이 생기지도 않는다. 상처도 잘 나지 않는다. 작아서 다루기도 간편하다. 아무리 틀어도 음질이 떨어지지 않는다. A, B면을 바꿔 끼울 필요도 없다. 곡의 시작 부분이 단번에 나온다. 조작하기 편하다…… 이렇게 장점만 그득하다. 나도 작업실에서는 항상 CD로만 음악을 들으며, 미즈마루 씨도 애용하고 계십니다.

단 CD가 음악 소프트웨어로 완벽한가 하면, 지금 시점에서는 그렇다고도 할 수 없을 것 같다. CD의 기능적인 수용력에 음악 소스 공급 측이 아직 충분히 대응하지 못하는 게 가장 큰 문제라고 생각하는데, 그 문제는 이 글과는 직접적인 관계가 없는 얘기다. 아무튼 CD 판매량은 현시점(1986년 가을)에 BD의 판매량을 훨씬 추월했고, 앞으로 그 격차가 점점 더 벌어지리란 건 빤한 일이다. 그리하여 끝내 BD는 앞서 SP나 모노 LP가 그랬듯이 폐용우廢用牛와 같은 운명을 걷게 될 것이다. 여기까지가 CD에 대한 대략적인 설명. 이해가 되셨는지요?

잘 모르시겠다는 분도, 그런 것쯤 우습지 하는 분도 계시겠으나, 아무튼 CD 공장 견학을 시작하겠습니다.

늘 하던 대로 CD 선행개발실장인 아베 씨에게 난처한 질문부터 하나. 애써 견학을 허가해주셨는데 은혜를 원수로 갚는 것 같아 죄송하지만, 이것이 제 직업이니까 너그럽게 봐주십시오.

—CD가 이렇게까지 급속하게 보급된 원인의 하나로는 규격의 통일을 들 수 있을 것 같은데요. 필립스와 소니가 손을 맞잡고 규격을 통일한 비디오나 비디오디스크 부문에서는 정면 승부가 벌어졌는데, 어째서 CD에 한해서는 마쓰시타 그룹이 순순히 따르는 식이 된 겁니까?

아베 뭐, 필립스라는 상당히 훌륭한 회사가 굉장한 기술을 가지고 일을 추진했다는 이유 하나와…… 또하나는 그 일을 뒷받침했던 패밀리라고 할까, 싸움판 주인격이었던 포노그램이란 회사가 있는데요, 이 회사는 도이체 그라모폰에다, 필립스 레이블, 아르히프, 그리고 런던과 루아조리르까지 갖고 있어요. 클래식 레코드의 거의 절반이죠. 그만큼 막강했던 겁니다.

가령 빅터 사에서 이 시스템을 독자적으로 손댔다면 고전을 면치 못했을 겁니다. (필립스 측에서 갖고 있는) 소프트웨어의 양과 그 질적 우수함, 그것이 모두가 찬동한 원인이겠죠.

즉, 필립스=소니 주도로 일이 진행된 것은 기술력의 차이 때

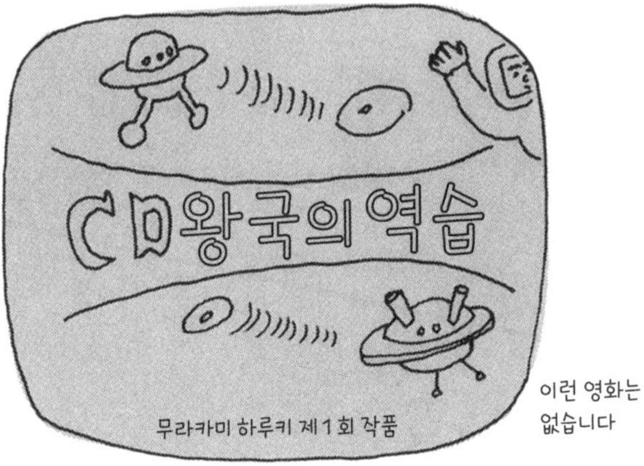
CD왕국의 역습
무라카미 하루키 제1회 작품
이런 영화는
없습니다

이건 대체 뭘까?
이건 저의 창작입니다
(미즈마루)
CD 공장 입구에서
(물론 이런 일은 없었다)

문이 아니라 어디까지나 소프트웨어가 원인이며, 따라서 독자적으로 연구를 계속해왔던 마쓰시타=아베 씨는 꽤 분한 모양이다. 정말 졸렬한 예를 들어 죄송합니다만, 나란히 신장개업한 두 소프랜드가 설비에는 그다지 차이가 없는데 여자 종업원들의 질에서 차이가 나는 바람에 한쪽이 할 수 없이 문을 닫은 식이다. 이런 정보산업에서는 앞으로도 정보 소프트웨어의 가치가 점점 상승될 텐데, 그런 것은 고차원의 전략적 정치 판단에 의해 좌우되는 종류의 것이니, 기술직에 종사하는 사람 입장에서는 여러 가지로 속상한 일이 있을 것 같다. 그래서 아베 씨는 열렬한 클래식 팬임에도 CBS 소니 계열 CD는 소리가 싫어서 절대로 듣지 않는다고 한다.

마쓰시타 전기의 테크닉스 하이파이 오디오 사업부는 오사카 교외의 가도마 시에 있다. 세금 다툼으로 모리구치 시와의 경계선이 유난스레 들쑥날쑥한 기묘한 지역인데, 이 주변은 정말이지 마쓰시타 공장이 끝없이 펼쳐진 마쓰시타 타운이다. 마쓰시타에 다니는 사람에게 "여기 도대체 얼마나 넓습니까?"라고 질문한들 "글쎄요, 어느 정도일까요? 좌우지간 무지막지하게 넓습니다"란 대답밖에 돌아오지 않을 정도로 넓다. 내가 견학한 공장은 CD 소프트웨어와 카트리지, 픽업을 만드는 건물인데, 총 면적이 23778평방미터라고 한다.

우리(나와 미즈마루 씨와 편집자 미도리 씨)는 먼저 CD 소프트웨어 공장의 입구로 안내되었다. 이 입구가 또 엄청나게 무시무시하다. 자동소총을 찬 경비원까지는 없지만 전자 통제장치가 달려 있어 외부인은 절대로 들어갈 수 없게끔 되어 있다. 글쎄요, 〈007 살인번호〉에 나오는 비밀기지를 얼마간 일상적인 모습으로 바꾸고 등장인물의 대사를 간사이 지방 사투리로 바꾸면 공장의 대략적인 인상을 파악할 수 있지 않을까 싶다.

삐삐삐삐 경비를 해제하고 안으로 들어가 특수 무진복無塵服을 덧입는다. 앞에서도 말했지만 티끌만한 먼지가 있어도 생산이 멈춰버리니까, 옷 위에다 푹 뒤집어쓰듯 무진복을 빈틈없이 덮어써 먼지가 일지 않도록 한다. 머리에는 착 달라붙는 모자를 쓰고, 코와 입에는 수술용 마스크 비슷한 것을 하고, 신발은 전용 캔버스화로 갈아 신는다. 이런 외양에 귀까지 갖다붙이면 완전히 "카스텔라 최고, 전화는 그다음"*이라고 무미건조한 음성으로 지껄여대는 인형 같겠다. 한 번 착용한 무진복은 전문 세탁소로 보내지는데, 거기서 먼지가 달라붙지 않도록 특수한 방법으로 세탁된 후, 비닐팩으로 포장되어 공장으로 돌아온다.

---

* 카스텔라로 유명한 분메이도 제과의 광고 삽입곡. 흰옷 차림에 큰 귀가 달린 캐릭터들이 합창한다.

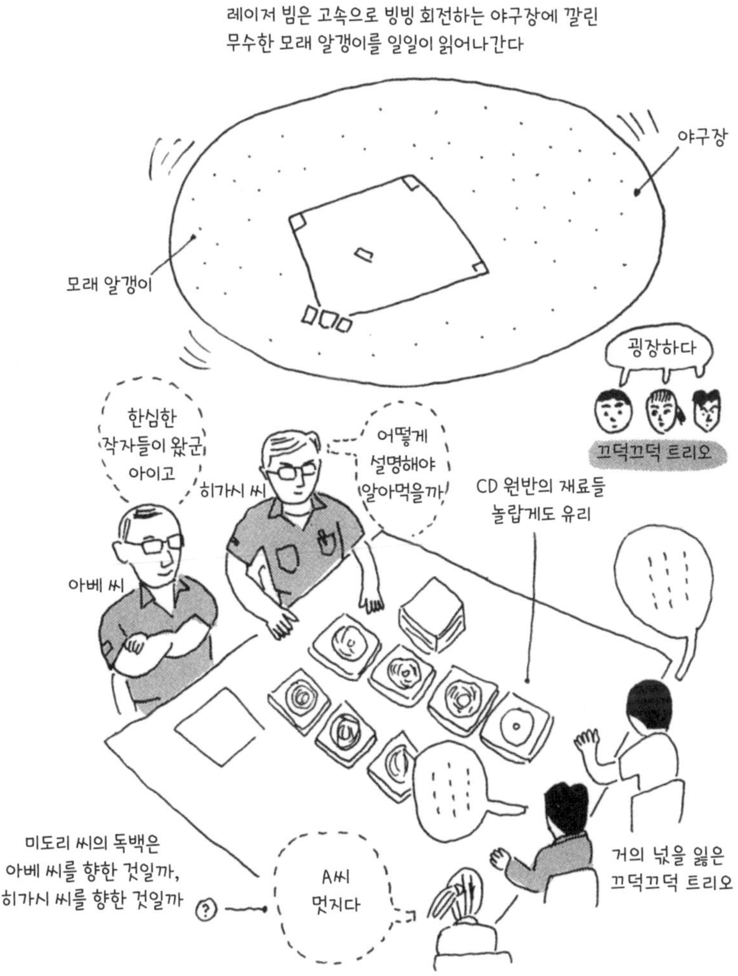
레이저 빔은 고속으로 빙빙 회전하는 야구장에 깔린
무수한 모래 알갱이를 일일이 읽어나간다
야구장
모래 알갱이
굉장하다
끄덕끄덕 트리오
한심한 작자들이 왔군 아이고
어떻게 설명해야 알아먹을까
히가시 씨
아베 씨
CD 원반의 재료들
놀랍게도 유리
미도리 씨의 독백은
아베 씨를 향한 것일까,
히가시 씨를 향한 것일까
A씨 멋지다
거의 넋을 잃은
끄덕끄덕 트리오

CD 공장의 창문에서 본 풍경
화면 중앙에서 약간 왼쪽 위에
보이는 것은 수영장입니다

사실은 화장도 가루가 날리니까 금지되어 있지만, "그 정도면 뭐, 괜찮겠죠"라고 해서 미도리 씨도 무사히 통과.

공장 관계자의 말씀에 따르면 "지난번에 오신 F씨(나를 소개해준 오디오 평론가)는 이 무진복이 마음에 드셨는지 한 벌 가져가셨습니다"라는데, 참 세상에는 별난 사람도 다 있다. 이런 걸 대체 어디 쓸 작정일까? 그런 의구심이 들지만, 실제로 이 푸른색 나일론 옷으로 몸을 감싸니까 어쩐지 기분이 좋아지니 이상한 노릇이다. 이런 걸 입고 롯폰기의 디스코텍에 가면 세기말스럽다고 의외로 환대받을지도 모르겠다.

무진복으로 몸을 감싼 뒤에는 에어샤워실로 들어간다. 에어샤워실이란 문과 문 사이의 협소한 공간인데, 공장에 들어가기 전 말하자면 통과의례처럼 한 사람 한 사람 이곳에 서서 바람을 맞으며 먼지를 제거하게 된다. 철두철미하다. 입구 문을 닫고 중앙부에 서면 사방에서 바람이 불어온다. 양손을 들고 빙빙 돈 다음, 마지막으로 몸을 탁탁 턴다. 약 십 초 후 바람이 멈춘다. 그러면 출구 문을 열고 밖으로 나간다. 밖으로 나가면 거기가 바로 CD 공장이다.

이쯤에서 한 가지 분명히 해둘 것이 있다. 우리 비전문가들에게 현실의 CD 공장이란 솔직히 그다지 재미있는 곳이 아니다. 물론 전문가가 보면 그야말로 첨단기술의 원더랜드인 셈이니

침을 질질 흘릴지도 모르겠으나, 우리 같은 문외한들은 설명을 듣고서 '음, 그런가' 하고 감탄하는 게 고작이라 구체적인 부분까지 들여다볼 여유가 없다. 이것은 소위 광적인 분재 수집가가 분재의 분 자도 모르는 사람에게 마니아들이 군침을 삼키는 수집품을 보여주며 "어떻습니까? 굉장하죠? 요건 사사가와 료이치 씨가 제발 넘겨달라고 엎드려 빌었던 최고의 작품으로……" 하고 설명하는 것과 마찬가지라, 보고 있는 사람은 그저 "호, 그렇게 굉장한 겁니까?" 하고 감탄할 수밖에 없다. 그런 점에서 CD 공장은 지우개 공장과는 전혀 차원이 다르다. 지우개 공장의 공정에도 이해할 수 없는 부분이 제법 있었지만, 그나마 아직 일상의 연장으로 느껴져 잘 노력하면 어찌어찌 알 수 있을 것도 같았던 것이다. 수학으로 치면 '수학II B'(이게 아직도 있나 모르겠다) 정도의 난이도다.

그런데 얘기가 CD 공장으로 넘어가면, 거긴 이미 우리 일상을 완전하게 넘어선 곳이라 해도 과언이 아니다. 좀더 구체적으로 말하자면, CD라는 물건의 원리는 대충 나도 안다. 그러나 그 원리를 실제로 제품화하는 과정은 내가 보통 사용하는 일상 언어로는 도저히 제대로 설명할 수 없고, 설명을 들어도 실감하지 못한 채 한쪽 귀로 들어왔다가 한쪽 귀로 새나가는 형편이다. 절세미인을 만난 사람이 그녀가 얼마나 아름다운지 남에게 제대

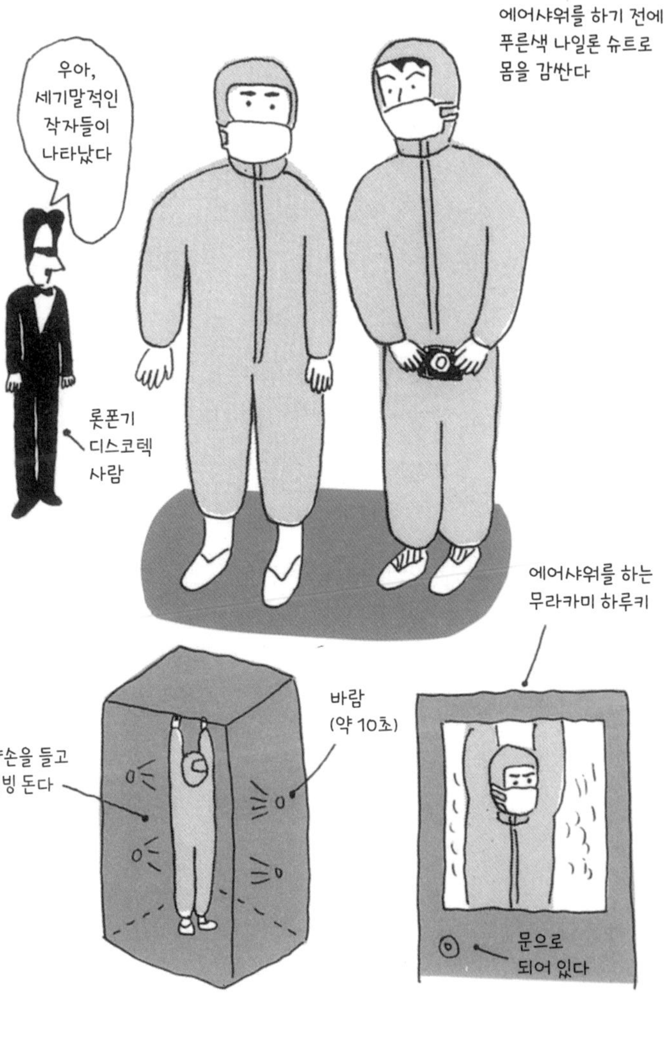
우아,
세기말적인
작가들이
나타났다
에어샤워를 하기 전에
푸른색 나일론 슈트로
몸을 감싼다
롯폰기
디스코텍
사람
에어샤워를 하는
무라카미 하루키
바람
(약 10초)
양손을 들고
빙빙 돈다
문으로
되어 있다

로 설명할 수 없어 "좌우지간, 그냥 보기만 해도 넋이 빠질 정도야"라는 등의 무의미한 말만 늘어놓는 것과 똑같다. 필자 입장에서 이런 일을 당하면 몹시 곤란해진다. "야, 이거 굉장하군요"라는 말만 계속 주절거려야 할뿐더러, 하나에서 열까지 모든 것이 굉장하긴 하나 광경 자체는 그렇게 흥미롭지 않기 때문이다. 그렇다고 전문적인 설명을 늘어놓는다 한들 이 책은 전문서가 아니니 독자들이 열심히 읽어줄 것 같지도 않다.

그러나 이왕 견학 온 김에 딱 한 가지, CD의 생산이 얼마나 굉장한 것인지 알 수 있는 예를 들어보겠습니다. CD디스크는 표면에 올록볼록한 줄이 새겨져 있고 거기에 레이저 빔의 빛을 비추어 신호를 읽는 구조인데, 그 요철의 폭이 대략 0.5미크론이다. 그리고 무수하게 이어진 줄 사이의 폭은 1.6미크론이다. 요컨대, 이런 식입니다.

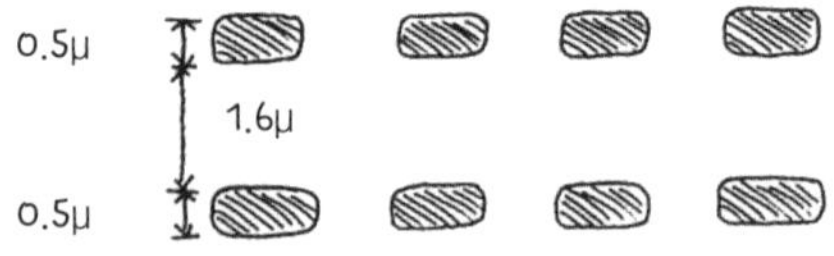

그러나 미크론이란 단위는 상상하기 힘드니까, 알기 쉽게 천 배로 계산해보자. 그러면 요철의 폭은 0.5밀리미터가 된다. 디

스크의 폭이 12센티미터니까 이것도 계산하면 120미터가 된다. 120미터는 야구장으로 치면 거의 홈베이스에서 외야 펜스 정도까지의 거리다. 0.5밀리미터란 조그만 모래알의 크기다. 즉 비율로 따지면 빙빙 돌면서 고속으로 회전하는 야구장에 깔린 무수한 모래 알갱이가 지니고 있는 신호를 레이저 빔이 일일이 읽어나간다는 얘기다. 어때요, 굉장하죠? 그것을 또 제품으로 만들어내다니 기막힌 재간이다. 굉장하죠? 굉장하다는 말밖에 달리 할 말이 없죠? 정말 믿기 어렵습니다. 제품을 설계하는 아베 씨조차 이런 일이 가능하다니 도저히 믿기지 않는다고 할 정도니, 나라고 믿을 수 있겠는가. 이런 사연으로 나와 미즈마루 씨와 미도리 씨 세 사람의 취재팀은 '하염없이 고개만 끄덕거리는 트리오' 신세가 되고 말았다. 아, 지우개 공장이 그립다. 인체모형 공장도 그립다.

그래도 정신을 차리고 공정을 살펴보자.

①먼저 원반 제작. 원반의 재료는 무려 유리다. 놀랍다. 어째서 유리를 사용하는가 하면, 갖가지 재료 중에서 유리가 제일 편평하기 때문이다.

아베 왜 편평해야 하는가 하면, 신호의 크기가 몇 콤마 미크론이잖아요. 그러니까 재료의 요철이 신호의 백분의 일 정도를 넘어서면 신호의 요철인지 재료의 그것인지 판단할 수 없거든요.

유리를 매입해 와서 우리 공장에서 갈아요. 연마하고 솔 같은 것으로 광을 낸 후, 그것을 초음파로 세정합니다. 그리고 빛에 감광하는 포토레지스트라는 재료를 바르고, 레이저를 쏘여 기록해나가는 것입니다.

전기 회사에서 유리를 솔로 문지른다는 것도 좀 이상한 얘기지만, 천분의 일 미크론이라는 수치도 경이적이다. 백만분의 일 밀리미터라니 그게 과연 가능합니까?

좌우지간 이게 원반. 레이저 커팅을 해서 현상하면 원반 완성.

②다음은 마스터링. 요컨대 원반의 아들, 손자, 증손자를 만드는 셈이다. 얼굴에 팩을 하는 것처럼 금속 도금을 했다 벗겨내고, 음각 → 양각 → 음각의 요령으로 마스터, 마더, 스탬퍼를 만든다.

③마지막으로 레플리케이션. 요컨대 디스크 양산 공정입니다. 스탬퍼에서 디스크로 신호를 전사하고, 알루미늄 코팅을 하고, 그 위에다 보호막을 덧씌운다. 알루미늄 코팅은 레이저 빔을 반사시키기 위한 장치다. 그리고 상표를 인쇄하면 한 장이 완성된다. 이른바 콤팩트디스크의 완성이다.

그중에서 사람들이 가장 신경을 많이 쓰고 또 성역 취급을 하는 부문이 ①, ② 공정을 처리하는 마스터링 룸으로, 거기에 들어가려면 한 번 더 에어샤워를 해야 한다. 하지만 원래는 일반 견학자가 절대 들어갈 수 없는 곳이므로 불평할 수는 없다. 양손을 높이 들고, 빙그르르 돌아 탁탁…… 금방 익숙해졌습니다. 체조 같아서 꽤 재미있다.

어째서 또다시 에어샤워를 하느냐면, 이 마스터링 룸은 청정도가 100이기 때문이다. 청정도 100이란 1평방피트(30센티미터×30센티미터×30센티미터) 안에 직경 0.5미크론 이상의 먼지가 백 개 이상 있어서는 안 된다는 수치인데, 그런 걸 어떻게 알 수 있느냐고 궁금해하시겠죠? 하지만 알 수 있다고 한다. 청정도를 검사하는 기계가 있어 청정도가 100을 넘어서면, "삐삐" 하고 알려준다. 그러므로 반드시 에어샤워를 해야 한다.

참고로 마스터링 룸 이외의 공장 내 청정도는 1000(먼지의 양이 열 배인 셈이죠)이고, 공장에서 한 발짝 밖으로 나오면 순식간에 2, 300만으로 뛰어오른다. 그런 얘기를 들으면 '우리가 그렇게 더러운 세상에 살고 있었단 말이야!' 하고 기겁하게 되니 이상한 노릇이다.

하루키 우리가 그렇게 더러운 세계에 살고 있었군요, 미즈마루 씨.

미즈마루 아니, 난 이미 그럴 거라고 생각하고 있었는데, 후후후. (※이 대화는 창작입니다.)

참 겁나는군요. 그러나 청정도 100이라는 얘기를 들으니 왠지 건너편에 있는 지붕을 향해 "야호!" 하고 외치고 싶어진다. 마스터링 룸이란 그런 곳입니다. 그리고 마스터링 룸의 또 한 가지 특징은 실내 기압이 공장의 다른 곳보다 약간 높게 설정돼 있다는 것이다. 그렇지 않겠어요. 기껏 공기를 청결하게 만들어두었는데 다른 곳에서 바람이 새어들어오면 아무런 의미도 없을 테니까. 그래서 항상 마스터링 룸에서 바깥으로 바람이 불어나가도록 기압이 설정되어 있는 것이다. 당연하지 않느냐고 한다면 그야 말씀 그대로겠으나, 그 꼼꼼함에는 외부인으로서 그저 머리가 숙여질 따름이다.

마스터링 룸 견학이라지만 모든 작업은 유리 안쪽에서 진행되므로, 우리는 판다를 구경하듯이 유리벽 너머를 물끄러미 쳐다볼 뿐이다. 청정도가 100이라도 실제 작업을 하기에는 아직 불순물이 많은 것이다. 옛날에 존 트라볼타가 나온 영화 중 세균에 감염되지 않으려고 평생을 유리장 안에 갇혀 지내는 청년 얘기가 있었는데, 정말 그것과 똑같다. 유리장 안에서는 우리와 마찬가지로 무진복을 입은 남자가 혼자 침묵 속에서 원반을 다루고 있다. 이런 말을 하면 실례겠으나 어쩐지 쓸쓸한 광경이다. 나는 CD로 말러의 4번 교향곡을 들으며 이 원고를 쓰고 있는데, CD를 만들기 위해 그 마스터링 룸의 유리장 안에 처박혀 있던 사람의 모습을 생각하면 왠지 가슴이 콱 막히는 듯하다. 천분의 일 미크론이라는 정밀도를 유지하기 위해 사람들이 얼마나 노력하고 있는지는 우리가 절대 상상할 수 없을 정도다. 그런 것에 비해 내가 구두점에 기울이는 노력 따위는 끔찍하리만큼 엉성한 것이다. 반성해야 한다.

―이 작업실에는 한 사람밖에 들어갈 수 없는 거죠?

히가시(디스크 개발실 실장)　네, 그렇습니다. 나도 이 안에는 들어갈 수 없어요. 여기서 커팅된 원반을 현상하죠. 청정도가 몹시 높은 곳이라서 한 명밖에 못 들어갑니다. 안이 붉게 보이는 것은 빛을 걸러내 자외선을 차단하기 때문입니다. 포토레지스트는 자외선에 감광하는데, 형광등은 자외선을 소량 방출하기 때문에 유리에 필터 장치를 하는 것이죠.

―좀 망측한 질문인데요, 이런 일을 하다가 잠깐 화장실에 다녀오는 건 불가능하겠죠? 무진복을 입고 있는데다, 에어샤워실에도 또 들어갔다 나와야 하니까.

히가시　하하하, 그렇습니다. 그런 일이 일어나지 않도록 알아서들 신경을 쓰지 않겠습니까.

그렇다고 한다. 굉장한 일이 훨씬 더 많지만, 대충 이 정도에서 마무리하지 않으면 굉장하다, 굉장하다란 말만으로 글이 끝나버릴 것 같다.

다만 한 가지 이상했던 것은, 내가 상표를 붙이는 기계를 빤히 들여다보고 있자니 기계가 주눅이 들었는지 어쨌는지 상표를 붙이지 않은 디스크가 한 장 튀어나왔다. 나는 남의 실수를 금방 알아채는 편이라 히가시 씨에게 "한 장에 상표가 안 붙어 있는데요"라고 말했더니, 히가시 씨는 표정이 어두워지며 "아, 그렇습니까. 그런 일은 지금까지 한 번도 없었는데" 하고 실망스러워했다. 하지만 이런 실수 하나도 없으면 내 쪽은 숨이 꽉 막힐 듯 답답해질 것이다. "하하하, 실수했군요" 하고 웃어넘길 수 있다면 세상이 얼마나 밝아지겠는가. 천분의 일 미크론이란 수치로 아웅다웅하다가 상표를 붙이는 단계에서 실수하는 것도 뭐 좋지 않습니까. 그리고 제품의 최종 검사가 사람의 눈으로 행해진다는 것도 꽤 흐뭇한 일이다. "사람의 눈이란 제법 쓸모가 있거든요"란 히가시 씨의 말에도 절로 웃음이 나온다. 아무리 하이테크, 하이테크 하고 난리를 쳐도 결국 어딘가에는 인간적인 부분이 남아 있는 모양이다. 그러나 개인적으로는 인간이 지닌 그런 온기를 좀더 소중하게 여기면 좋겠다는 생각이 문득 들기도 합니다. 음악의 소리란 기계의 사양만으로 다 표현할 수 없으니까. 그래서 나는 느지막한 시간에 홀로 술을 마시며 여유를 부릴 때는 아직까지도 블랙 디스크를 고수하는 것이다.

마지막으로 오디오 팬 여러분에게 한마디. 마쓰시타 전기 회사는 디지털오디오테이프라든가 녹음이 가능한 CD 등을 지금

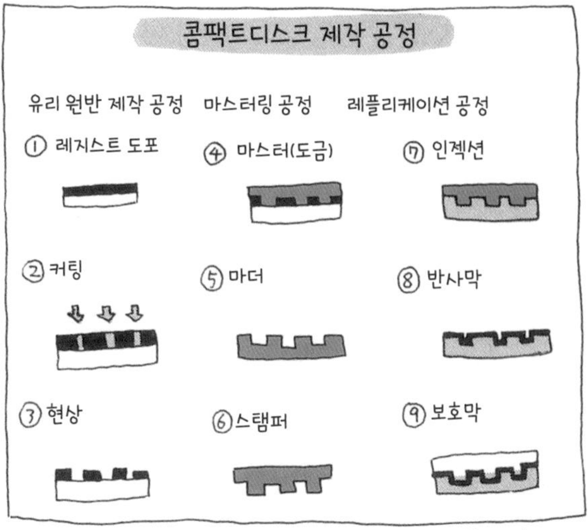

이렇다고 합니다

상당히
복잡해
보이는군요

CD 제조 모습 스케치

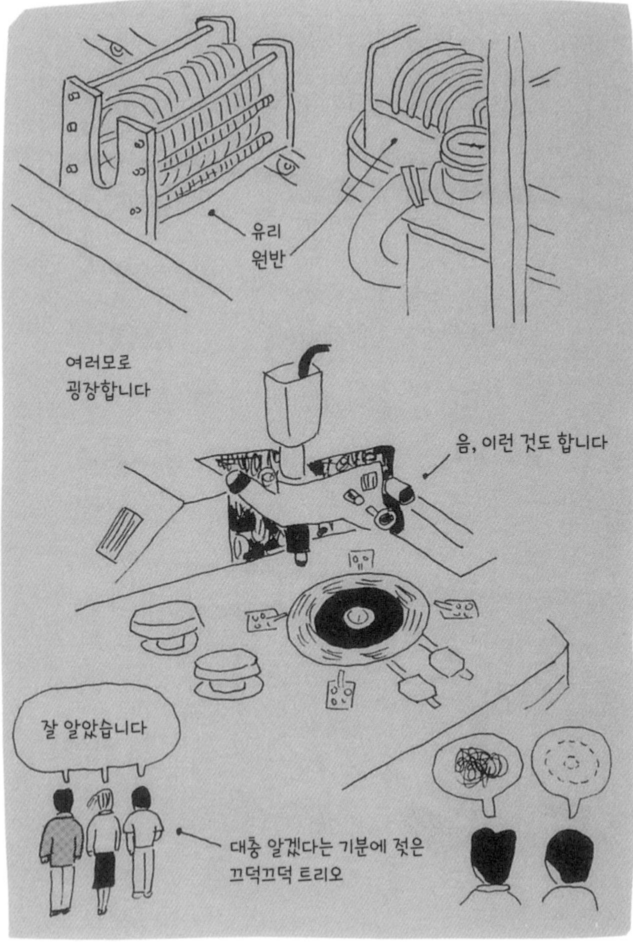

당장이라도 제품화할 수 있는데, 복사한 음이 너무 좋은 탓에 저작권 문제가 얽혀 곧장은 발매할 수 없다는군요. 뭐 그런 사정은 잘 알겠지만, 이용자 입장에서 그런 상품은 하루라도 빨리 발매해주면 좋겠어요. 아무튼 오디오 제품의 미래란 앞으로도 바닥을 헤아릴 수 없을 만큼 깊어질 듯합니다. 섣불리 옛날이 그립다는 말은 해선 안 될 것 같네요.

○

한없이 밝은 복음 생산 공장

●

아데랑스

공장에 가기 전 예비지식을 얻으려고 신주쿠에 있는 아데랑스 본사를 취재했는데, 여러 사람의 얘기를 들으며 나는 '이거 뭐랑 비슷한데'란 막연한 생각이 들었다. 그런데 무엇과 비슷한지 전혀 떠오르지 않았다. 뭐였더라, 뭐였더라 하고 줄곧 생각하다가 한참 후에 간신히 생각이 났다. 좀 이상한 얘기지만, 한국전쟁을 다룬 영화 속 상황과 실로 꼭 닮았다.

영화 줄거리는 이렇다. 한국 전선에서 중국군의 포로가 된 미국 병사가 집단 탈주에 성공해 돌아온 뒤 다시금 새로운 부대에 편입된다. 그런데 그중 몇 명은 이미 세뇌당하고 말아, 적군에게 정보를 빼돌려 후방을 교란시키고, 중대한 임무를 수행중인 자기 부대 병사를 한 명씩 살해한다. 하지만 모두 똑같은 미국 병사의 모습이니까 대체 누가 범인인지 알 수 없다…… 꽤 오래전에 본 별 대수로울 것 없는 영화라서 지금껏 떠올리는 일 없이 지내왔는데, 아데랑스 본사에 찾아간 것을 계기로 그 기억이 불쑥 되살아나 그대로 머릿속에 자리잡고 말았다.

그 원인은 — 전쟁의 세뇌전과 동일하게 취급해 죄송하지만 — 가발이다. 그때까지 아무렇지도 않게 "저희 회사의 기본 방침으로……"라고 얘기하던 아데랑스의 사원이 갑자기 눈앞에서, "실은 저도……" 하면서 슬금슬금 가발을 벗은 일이 몇 번 있은 후(실제로는 스냅식 가발이라 똑딱똑딱 소리가 났지만, 문장 표현상 슬금슬금으로 표기), 나는 어쩔 수 없이 그 영화의 기억 — 매카시적 악몽 — 에 사로잡히고 만 것이다.

구태여 얘기할 필요도 없겠지만 아데랑스의 직원은 모두 머리가 새카맣다. 공장에서 딱 한 사람 머리숱이 적은 사람을 발견하고 나도 모르게 기뻐했는데, 그 사람 말고는 죄다 북슬북슬하다. 물론 그중 일부는(사분의 일? 삼분의 일?) 가발을 사용하고 있겠지만 그건 도무지 알 수 없다. 이 사람 혹시, 하고 의심을 품으면 진짜 머리칼이고, 이 사람은 설마 아니겠지, 하고 안심하고 있으면 "아, 실은 저도……" 하며 슬금슬금 가발을 벗는 형편이라, 여러 사람을 인터뷰하다 그만 바싹 긴장하고 말았다(실은 아데랑스 직원 880명 중 가발 사용자는 63명이라고 한다. 직원

평균연령이 낮은 탓도 있겠지만 의외로 적다).

하긴 몇 번 당하고 나니 나중에는 '이 사람은 가발 같은데' 하고 어렴풋이 느낄 수는 있게 되었는데, 그것은 가발 회사 안에서 몹시 주의깊게 관찰했기 때문에 가능한 일이지, 다른 장소에서 만나 그저 얘기만 나누었다면 전혀 눈치채지 못했을 것이다. 결코 회사를 선전하려는 건 아니지만, 정말 잘 만들었더군요.

가발이란 상당히 특이한 상품입니다, 라고 아데랑스의 홍보 담당자는 설명한다. 뭐가 그리 특이한가 하면 '입소문이 전혀 없다'는 것이다. 예를 들어 "나, 사실 이 머리 가발이거든. 이것 봐, 슬금슬금…… 어때, 정말 잘 만들었지? 몰랐을 거야"라고 친구들에게 떠들고 다니는 사람은 거의 없다. 잘 만들어진 가발을 쓰는 사람은 대개 그 사실을 비밀에 부치고 있어, 주위에 머리숱이 적어 고민하는 사람이 있어도 "×× 써봐. ××의 가발은 아주 진짜 같으니까"라고 권유하지 않는다. 그냥 잠자코 입을 다물고 있다. "이처럼 사용자의 선전 효과가 없는 상품도 흔치 않을 겁니다"라고 담당자는 말한다. 듣고 보니 과연 그렇다 싶기도 하다.

이렇게 지극히 예민한 시장이기 때문에, 직원들도 고객 관리에 상당히 신경쓴다. 아데랑스의 직원은 상대가 아무리 심각하게 머리가 벗어졌어도 '대머리'라는 말을 하지 않는다. '머리숱이 적은 손님'이라는 표현을 쓴다. 그런 식으로 교육을 받는 것이다. 그러나 상담실에 있는 사람 중에는 '대머리'라는 말을 당당하게 하는 카운슬러도 있다. 그래서 내가 "저, 대머리라는 말은 사내에서 못 쓰게 돼 있지 않습니까?"라고 물었더니, "천만의 말씀"이라고 한다. "대머리는 아무리 다른 말로 바꿔 부른다 해도 대머리입니다. 뭐, 사람에 따라 반응은 여러 가지지만, 그런데 일일이 신경쓰며 전전긍긍하면 오히려 더 좋지 않습니다. 그런 말에 신경쓰는 사람은 설령 가발을 쓰더라도 가발을 쓰고 있다는 사실에 또 신경을 쓰고 말죠."

아하, 옳으신 말씀, 굉장합니다, 하고 감탄하고 있는데 그 카운슬러도 "아, 실은 저도……" 하더니 슬금슬금 가발을 벗었다. 실제로 머리가 벗어진 사람이 '대머리는 대머리일 뿐 그 이상도 이하도 아니다'라고 단언하니 왠지 설득력이 있어 나도 모르게 고개를 끄덕이게 된다. 옛날에 미국에서 택시를 탔을 때 흑인 운전사가 갑자기 차 앞으로 튀어나온 흑인 틴에이저를 향해, "야, 이 망할 검둥이 자식아!" 하고 고함을 지르던 일이 문득 떠오른다. 차별 용어에는 나도 직업상 상당히 신경쓰지만, 정말 뭐가 뭔지 잘 모르겠네요.

그건 그렇고, 아데랑스 본사는 신주쿠 중심가에 있는 멋들어진 10층짜리 건물인데도 전혀 눈에 띄지 않는다. 나도 지금껏 그 건물 앞을 몇 번이나 지나다녔는데 설마 그것이 아데랑스 회사 건물이리라곤 전혀 눈치채지 못했다. 간판이 작고 입구도 좁고, 또 제일 눈에 잘 띄는 건물 1층은 임대를 주어 다른 기업이 들어와 있는 등 정말 세심한 배려가 엿보인다. 자사 빌딩의 1층을 타사에 빌려주는 회사는 드물겠지만, 생각해보면 나름 경제적일 것 같다.

가발을 좀 써볼까 하고 어렵사리 마음먹은 '머리숱이 적은 예민한 손님'은, 좁고 조용한 현관으로 들어가(요즘 같은 세상에 러브호텔 입구도 이보단 당당합니다) 엘리베이터를 타고 4층에 있는 상담실로 간다. 직접 고객의 집을 방문해 카운슬링을 하는 출장 서비스도 있다. 카운슬링은 물론 독방에서 일대일로 이루어진다. 상담실은 다다미 6조 정도의 넓이에 한가운데 큼직한 철제 책상이 놓여 있고, 그 너머에 흰색 가운을 입은 카운슬러가 앉아 있다. 오른쪽 벽에는 커다란 거울이 붙어 있고, 그 위에 '생크 증모법'이란 사진 설명 패널이 걸려 있다. 아데랑스 달력의 이달 사진은 겐로쿠엔인지 어딘지의 폭신폭신한 잔디 사진이다. 왼쪽의 불투명유리 창문은 옆 건물 벽에 닿을락 말락 밀착되어 있어 빛이 전혀 들어오지 않는다. 카운슬러 뒤쪽으로는 철제 캐비닛이 보인다. 아무리 호의적으로 보아도 인상적인 방이라고는 하기 어렵다. 요쓰야 경찰서의 취조실과 히라쓰카 역 역장

실의 꼭 중간쯤 분위기다.

—저, 실례를 무릅쓰고 질문 드립니다만, 상담실을 좀더 호화롭게 꾸며도 좋지 않을까요? 소파를 두고 BGM도 틀고 크리스털 재떨이를 갖다놓고…… 일부러 이렇게 사무적인 인테리어를 고르신 겁니까?

나가이(카운슬러) 아뇨, 일부러 그런 건 아닙니다. 하지만 너무 고급스럽게 꾸며놓으면 오히려 얘기하기가 쑥스러울 수도 있지 않을까요?

—흐음, 여기에 오시는 손님은 몇 살 정도가 제일 많습니까?

나가이 역시 삼십대가 제일 많습니다. 가장 젊은 층은 이십대 초반. 보통 조기 탈모는 스물두셋에서 시작되니까요. 이 시기에는 자기 친구들은 대부분 아무렇지도 않죠. 주위에 머리숱이 적은 사람이 없는 겁니다. 그러면 혼자서 우울하게 고민에 빠집니다. 왜 나만 이렇게 머리숱이 적을까 하고요. 누가 자기 머리를 보고 뭐라 하지는 않을까 쭈뼛거리기도 하고, 끝내는 집에 처박혀 밖에도 안 나가게 되는 거죠.

—기분은 알겠지만 음침하군요.

나가이 음침하죠. 그게 1단계. 2단계는 적령기입니다. 이십대 후반에서 삼십대 초반이 되면 집안사람들이 결혼을 하라고 성화를 부리죠. 그래서 선을 봅니다. 하지만 사진을 교환하는 단계에서 거절당해요. 그렇잖습니까? 누가 굳이 머리가 벗어진 남자랑 결혼을 하겠습니까? 첫인상에선 역시 외모가 중요하니까요. 그러니까, 아무튼 만나기라도 할 수 있도록 가발을 만듭니다.

—어째 속임수 같군요.

스즈키(홍보부) 하지만 일단 만나보기나 하고 싶다는 심리가 있잖습니까. 만나서 얘기를 나누다보면 정이 들고, 사실은 숱이 적다는 걸 알게 되어도 뭐 이 사람이라면…… 할 수도 있잖아요. 실제로 자기가 가발을 쓴다는 걸 털어놓지 못한 채 결혼을 했는데, 그뒤로도 오 년 동안 비밀로 한 분도 계십니다.

—오 년?!

스즈키 우리도 믿을 수가 없어요. 함께 생활하다보면 자연히 알게 될 텐데 말입니다. 부인께서 알면서 모르는 척했을지도 모르겠습니다. (※만약 그렇다면 상당히 훌륭한 부인이다.)

나가이 그리고 다음으로는 무사히 결혼하고 서른다섯에서 마흔이 되어 가발을 만드시는 분이 있습니다. 이런 경우는 주로 아이들을 위해서입니다. 그 정도 나이가 되면 일에 대한 자신감도 있고, 당사자는 딱히 남부끄러울 것이 없다고 생각하죠. 그런데 아이들이 자라면 학부모 수업 참관이란 게 있어요. 그때 아이가 "아버지는 학교에 안 오면 좋겠어요"라고 하는 겁니다. 머리숱이 없다고 말이죠. 아내한테선 대머리 소리를 암만 들어도 상관없는데, 아이가 그러면 몹시 서글퍼지거든요, 부모 입장에서. 그래서 아이가 초등학교를 졸업할 때까지라도 가발을 쓰기로 결심한 아버지들께서 찾아오시는 거죠.

—으음, 가발을 쓰게 되는 계기가 학부모 수업 참관이라니 예상 밖이네요. 세상사에는 참으로 여러 가지 이유가 있군요.

나가이 마지막으로는 제2의 인생을 위한 가발입니다. 쉰다섯에서 육십대의 아버님들이죠. 아이들도 어른이 되어 결혼까지 시켰겠다, 지금까지 아이들을 위해 전력을 쏟았으니 이제는 자신을 위해 멋을 좀 부려볼까 하는 거예요. 이런 분들은 평상시에는 안 쓰십니다. 여행이나 뭐 그런 특별한 일이 있을 때 쓰는 위크엔드 가발.

—위크엔드 가발이라……

나가이 손님의 패턴은 대충 이렇습니다. 간단히 말해 나이를 먹을수록 대머리에 대한 고민의 절실함은 희미해지죠. 당연한 일이지만요. 제일 안쓰러운 경우는 화상을 입었던 분입니다. 예를 들어 스물세 살 된 한 여자분은 세 살 때 프라이팬의 기름을 덮어쓴 탓에 머리가 민둥민둥해지고 말았어요. 이런 분들에게 가발 운운 이전에 가장 필요한 것은 정신적 카운슬링입니다. 피해의식을 버리십시오, 당신은 비극의 주인공이 아닙니다, 하고 말해드리죠. 만약 당신이 엄마의 입장이라면 어떻게 하겠습니까? 뭐 이런 말도요.

나가이 씨 얘기에 따르면 상담하러 온 손님의 80퍼센트 정도는 '상담商談'에 응해 가발을 만든다고 한다. 나가이 씨는 이 길을 칠 년 동안이나 걸어온 베테랑으로 "나와 얘기를 나눈 손님이 3천 명 정도는 될 겁니다"라고 한다. 카운슬링의 최대 목적은 가발을 쓰는 것에 대한 죄의식이나 저항감을 없애는 일이다. 가발을 쓰는 것은 다른 이를 속이는 게 아니며, 바로 자기 자신을 위한 것, 스스로의 의식을 고양시키기 위한 작업이라고 '머리숱이 적은 예민한 고객'을 설득하는 것이다. 이렇게 손님의 심리 상태까지 고려하는 세심한 대응이 아데랑스 회사의 성공 요인 중 한 가지일 것이다. 격려하고, 위로하고, 꾸짖고, 설득한다.

세심하고 꼼꼼한 걸로 치자면 또 한 가지, 아데랑스 본사의 지하에는 커튼으로 칸을 나눈 이발소가 열 칸 마련되어 있다. 아데랑스 이용자는 여기서 가발을 벗고, 길게 자란 원래 머리를 전용 이발사에게 맡기는 것이다. "그렇잖겠습니까? 그냥 보통 이발관에 가서 으쌰 하고 가발을 벗고 머리를 자른다는 건 정말 부끄러운 일이니까요." 얘기를 듣고 보니 정말 그렇겠다 싶다.

머리를 자르는 동안 별실에서는 전문가가 가발을 씻고 손질한다. 옆방의 대화가 들리지 않도록 볼륨이 좀 크다 싶은 BGM

이 흐른다. 흡사 옛날의 칸막이 찻집 같다. 요금은 보통 동네 이발소와 비슷한 수준이라고 한다. 이런 전문 이발소가 전국 각지에서 영업하며 이용자 컨설턴트 기능도 겸한다. 요컨대 아데랑스라는 회사는 가발을 파는 게 끝이 아니라 가발을 판 순간부터 장사를 시작하는 셈이다. 상당한 전략(이라고 하면 표현이 딱딱한가), 좌우지간 면밀하다.

가발의 수명은 사오 년이고, 머리가 벗어지는 정도도 점점 심해지니까, 스페어 가발이 필요해진다. 그러니까 고객을 빈틈없이 포섭하고 있기만 하면 몇 년 후에 확실하게 또 제품을 팔 수 있는 것이다. 본사 컴퓨터에는 전국 몇십만 명 고객의 상담 기록이 빠짐없이 저장되어 있다. 이렇게 말하면 좀 그렇지만, 전도양양한 시장인 셈이다. 사회에서 받는 스트레스가 증가함에 따라 머리가 벗어지는 사람의 수도 유럽이나 미국만큼이나 늘어나고 있고, 한번 벗어진 사람이 다시금 검은 머리로 부활할 가능성은 결코 없으며, 남자의 외모를 따지는 사회적 경향도 점점 강해지고 있기 때문이다. 내수 확대의 공헌도로 보면 정부 표창을 받아도 좋을 만한 회사다.

뭐 그건 그렇고, 상담실에서 카운슬러와 이런저런 얘기를 하며 "알겠습니다, 그럼 하나 만들어보죠"라고 결정한 사람은 바로 그 자리에서 두형을 뜨게 됩니다.

신주쿠 본사에 있는 아데랑스 전용 이발소
(커튼으로 칸이 나뉘어 있다)

두형을 뜨는 기구는 피터라고 하는데, 테니스 라켓처럼 생긴 나무틀에 크라프렌 HM95라는 플라스틱 같은 막이 쳐져 있다. 그림에서처럼(235쪽) 그것을 머리 위에서 꾹 누르고, 두형이 떠지면 거기에다 사인펜으로 가마의 위치나 머리카락이 난 부분 등을 세세하게 그려넣고, 냉각 스프레이를 뿌려 굳힌 후 살짝 들어낸다. 이른바 머리의 데스마스크 같은 것으로 제법 초현실적인 느낌이 든다. 나는 실제로 두형을 뜨진 않았지만, 이렇게 정밀하게 자기 머리의 복제품을 뜬다면 묘한 기분이 들 게 분명하다. 젊은 여자에게 클로로포름 냄새를 맡게 해서 기절시키고 이 피터로 두형을 뜬 후, 가마를 그려넣고 냉각 스프레이를 슛슛 뿌린 뒤 도망가서는 몇백 개나 되는 두형을 자기 방에다 장식해놓는 변태 성범죄자가 있다면 꽤 흥미롭겠다는 생각을 문득 했지만, 그런 인간이 이 세상에 있을 리는 없죠.

이 두형과 상담 기록, 그리고 원래 머리카락의 샘플이 가발을 만드는 기본 재료로, 이것을 공장으로 보내야 가발 제작에 들어갈 수 있다. 두형을 뜬 뒤 제품이 완성될 때까지는 약 한 달이 걸린다. 고객은 한 달 동안 '대체 어떤 가발이 만들어질까' 하고 두근두근하는 심정으로 기다린다. 그중에는 가발을 주문한 덕에 심리적 안정을 얻어 머리가 나기 시작했다는 원형탈모증 환자도 있다는데, 이런 사람은 그야말로 행운이다.

신주쿠 본사의 상담실

아데랑스
달력
생크 증모법
카운슬러
나가이 씨
거울
하얀 틀
나무틀에
크라프렌 HM95라는
플라스틱 같은 막이
쳐져 있다
사인펜으로 가마나 머리카락이
난 부분을 그려넣는다
(사원을 데리고 실제로
해 보였습니다)

우리도 이쯤에서 회사를 나와 공장으로 자리를 옮길 텐데, 잠시 숨을 돌릴 겸 탈모에 관한 잡학을 몇 가지 피력하겠습니다. 사실 아데랑스라는 회사는 탈모에 대한 잡학이며 자료, 통계가 엄청나게 많은 곳이라서, 이번 취재만으로 탈모에 관한 책을 한 권 쓸 수 있을 정도다.

① 일본 내의 탈모 추정 인구는 약 750만(삼 년 전 조사에서는 640만이었다). 가발 사용자 수는 약 50만. 그중 아데랑스 고객은 28만.

② 가발을 씌우고 싶은 유명인 1위는 나카소네 야스히로 수상. 덧붙여 재직중에 가발을 썼던 수상도 있다고 한다.

③ 대학생 고객 중에는 니혼대학에 다니는 학생이 가장 많고, 그다음이 와세다(이건 이 두 학교의 학생 수가 워낙 많다는 이유도 있을 것이다). 직업별로는 매스컴 관계자가 눈에 띄는데, 이유는 주지하시다시피 생활이 무질서하고 쓸데없는 생각을 많이 하기 때문이다. 스포츠 관계자 중에서는 스모 선수의 문의가 가장 많다.

④ 반삭발, 상고머리 모양 가발은 만들기가 무척 까다롭다.

⑤ 아데랑스에서는 음모 가발도 만드는데, 이건 주로 수학여행용이다. 형은 뜨지 않는다. 수염, 가슴털 가발은 없다.

【공장】

정확하게 말하자면 회사는 '주식회사 아데랑스', 공장은 '아데랑스 공예 주식회사'로 서로 다른 조직이다. 니가타현 주조초에 있는 공장의 부지는 13만 평방미터, 즉 4만 평이라는 어마어마한 넓이로, 안에는 대형 체육관, 문화시설, 노래방까지 있다. 종업원 수는 400명 남짓. 지금까지 취재한 곳 중에서 제일 호화롭고 널찍하고 청결한 공장이다. 분명 장사가 잘되기 때문일 거라고 남의 주머니 사정을 생각해보는데, 실은 그뿐 아니라 주조초가 기업을 유치하기 위해 토지를 싼 값에 제공한 이유도 있다. 주조초에서야 공장이 들어서면 세금도 많이 거둬들일 수 있고, 다른 지방으로 새나가는 유효 인력도 잡아둘 수 있고, 종업원 대부분이 젊은 여자이니 농사 짓는 남자의 결혼 문제도 해소할 수 있다. 공장 입장에서는 지역과 밀착함으로써 양질의 노동력을 조달받을 수 있으니(니가타 여자는 일반적으로 섬세한 수작업을 꼼꼼히 해내는 것이 특기다. 쇼난 같은 데서 이런 공장은 좀 무리가 아닐까) 만사형통이다. 물론 단 하루 견학해놓고 세부적인 내부 사정까지는 알 수 없지만, 언뜻 보기에는 직원 교육이나 복지시설도 충분하고, 상당히 일하기 편한 직장일 듯하다.

좌우지간 아데랑스라는 회사는 하나에서 열까지 밝은 이미지를 유별나게 강조하는 곳으로, 공장 안도 구석구석까지 환하다.

아데랑스 공예 주조 신공장의 정면 풍경
(부지 13만 평방미터)

벽이 새하얗고, 조명은 밝고, 창문까지 큼직하다. 복도는 벽과 천장 모두 유리로 되어 있어 여름철엔 냉방을 해도 무척 덥다. 물론 어두운 것보다는 밝은 게 낫겠지만, 이렇게까지 할 필요는 없지 않을까.

틀림없이 밝은 걸 좋아하는 천성의 사장이 "자네, 다른 건 마음대로 해도 좋으니까 아무튼 환하게 만들라고. 탁 트이고 밝은 분위기로 말이야"라고 명령해서 지은 건물일 것이다. 이런 밝은 이미지를 지향하는 자세는 아데랑스의 텔레비전 광고를 보아도 쉽게 짐작할 수 있다. 사원들의 고충을 적어둔 게시판에도 '지난번 점심식사 메뉴 중 닭튀김에 살이 너무 적었습니다'라는 내용이 붙어 있다. 이렇게 열린 분위기도 명랑하고 좋군요. 젊은 직원이 넓은 사원식당에서 재잘대며 점심(무료랍니다, 글쎄)을 먹는 광경이 리얼하게 상상된다. "어머, 이 닭튀김 좀 봐. 살이 하나도 없잖아." "정말, 뭐가 이래." "게이코, 투서 써. 너 글씨 잘 쓰잖아." "뭐, 나더러 쓰라고? 농담 마." 아, 나도 좀 같이 끼고 싶군요.

원모原毛 처리실

원모 처리실에는 검은 머리칼이 다발로 묶여 죽 놓여 있다. 긴 것은 1미터도 넘는데, 전부 중국에서 들여온 수입품이다. 일본 여성들의 머리칼은 파마니 드라이니 샴푸니 하는 것으로 상해 버려서 가발의 재료로 쓸 수 없다. 반면 중국 여성들의 머리칼은 손상도가 낮고, 일부 지역에서는 결혼할 때 긴 머리를 잘라 파는 관습이 있어 입수하기 쉽다는 이점이 있다. 가격은 비밀인데 긴 것은 몇십만 엔 정도 하는 모양이다.

이곳에서는 원모의 큐티클(머리칼의 비늘)을 제거하고 탈색한 후 위생 처리를 한다. 젊은 남자 공원 둘이서 소쿠리에 머리칼을 넣고, 약품에 담가서는 푹푹 주무르며 탈색을 하고 있다. 크림색으로 탈색한 그것을 다시 몇 단계에 걸쳐 검은색으로 염색을 한다. 염색을 끝낸 머리칼은 다음 선별 공정으로 들어간다.

선반에 늘어선 원모에는 무수한 여성들의 상념과 생활이 스며 있겠지만, 처리를 끝낸 머리칼은 그저 가발의 원료에 지나지 않는다. 그런데 여인의 잘린 머리칼을 가만히 들여다보고 있으면 왠지 무서워지지 않습니까? 나도 옛날에 막 자른 긴 머리칼을 어떤 여자에게 받은 경험이 있는데…… 뭐, 그만두죠, 그런 얘기는.

인공피부 제작실

이곳에는 피터로 만든 두형이 죽 진열돼 있다. 요컨대 앞에서 설명한 하얀 두형이 전국의 아데랑스 지사로부터 이곳에 도착한 것이다. 베트콩의 헬멧 같은 것에다 사인펜으로 머리가 벗어진 부분과 가마, 머리칼이 난 자리, 가르마 위치와 인공피부가 커버해야 할 영역, 그것을 원모에 갖다붙이는 스토퍼(여자의 머리핀과 같은 원리)의 위치가 그려져 있고, 그 옆에는 비닐 주머니에 든 원모 샘플이 셀로판테이프로 고정되어 있다. '시부야 지점 · 와타나베 노보루(가명)' 하는 식으로 이름도 적혀 있다. 색을 지정하는 'C컬러' 등의 글귀도 있는데, 이건 ABCD 네 단계로 나뉜 피부 색상 중 C색으로 인공피부를 만들어달라는 뜻이다. 그나저나 이렇게 보니 세상에는 실로 무수한 형태와 크기의 머리가 있군요.

고객의 두형을 재현하기 위해 이 베트콩 헬멧에다 석고를 부어넣는데, 그것을 건조시키는 데 꼬박 하루가 걸린다. 하루 동안 말린 것을 쏙 빼내 부엌에서 쓰는 비닐 랩 비슷한 것을 덮어씌우고, 그 위에다 우레탄 용액을 바른다. 그리고 또 그 위에다 나일론 그물을 덮고, 다시 우레탄을 바른다.

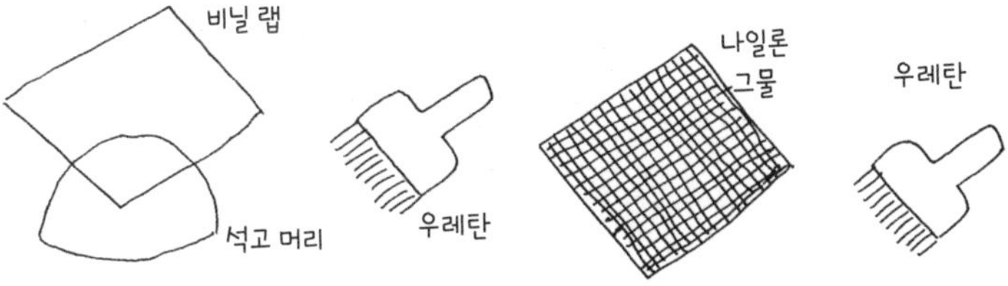

평범하시네요
정면 현관 로비에서 머리카락 테스트를 받는다
흥
아데랑스의 각 지점에서 도착한 두형
처음으로 견학한 곳은 머리칼을 염색하는 곳이었다
베트콩 헬멧 같은 데다 사인펜으로 머리가 벗어진 부분과 가마 등등을 그려넣었다 이런 순서로 말이죠. 우레탄을 바르는 과정은 컨베이어벨트 방식의 코팅 머신으로 여섯 번 반복되는데, 건조→바르기→건조→바르기……가 여섯 번이나 거듭되니까 여기서만도 꽤 시간이 걸린다. 바르는 공정이 약 한 시간 반, 최종 건조가 여덟 시간이다. 즉 오늘 만든 것을 밤사이 느긋하게 말린다는 뜻이 되겠다. 완성된 막의 두께는 약 0.2밀리미터.

—한데 이렇게 하나하나 들여다보니 사람의 머리란 꽤 울퉁불퉁하군요.

스가이(공장 직원) 네, 잘 보셨습니다. 전혀 좌우대칭이 아니죠. 심한 사람은 납작하거나 일그러져 있기도 하고.

—평소에는 머리칼이 있어서 잘 느끼지 못했는데, 머리칼을 없애고 나니 인간의 머리란 굉장히 약해 보이는군요. 그런데 이 인공피부는 통기성이 있습니까?

스가이 통기성은 없지만, 투습성은 있습니다. 그러니 짓무르지는 않죠. 그리고 여기 뒷면에다 품번과 수주 연월일과 지점 번호, 손님의 이니셜 등을 인쇄합니다. 다른 손님에게 잘못 전달되면 곤란하니까요.

—그야 곤란하겠죠. 그런데 여기 녹색 인공피부는 뭡니까, 인어 것이라든가……?

스가이 아뇨, 백발을 심을 때는 잘 안 보이니까 일단 녹색으로 해두는 겁니다. 녹색이 일하기 쉽다는 사람도 그렇게 하고요.

하긴 당연하다. 인어가 가발을 만들려고 올 리는 없으니까. 여기까지의 공정은 모두 이곳 주조 공장에서 진행되지만, 그다음 식모 과정은 수작업이라서 국내에서는 도저히 손이 모자라 한국이나 중국에 있는 공장에도 보낸다. 비율은 일본, 한국, 중국(칭다오) 순. 각각 삼분의 일 정도씩 담당한다.

이 공장에는 연구실도 있어서 여러 가지 제품을 개발하고 테스트한다. 예를 들어 인공피부를 기계에 끼우고 양쪽에서 잡아당겨 몇 킬로그램쯤 가중하면 찢어지는가 하는, 마치 스페인 종교재판 같은 사디스틱한 테스트도 행해진다. 팽팽히 당겨진 인공피부가 "아…… 부탁이야, 그만해"라고 괴로워하며 신음하고 있다.

하루키 미즈마루 씨는 이런 거 꽤 좋아하죠?

미즈마루 무라카미 군도 요즘은 징그러운 소리를 다 하는군, 후후후.

창밖에서도 인공피부가 태양빛을 쪼이며 내구성 실험을 받고 있다. 마치 커스터 장군 학살 후의 광경 같다. 연구자는 이 실험을 '폭로 테스트'라고 부른다는데, 정말 대담한 명명이다.

죽 진열된 석고 머리
사람의 머리 모양은
참 천차만별이다
아래의 두형으로 뜬
석고 머리
위아래로
잡아당긴다
이 두형에 석고를 붓는다
찌익
앗,
아야야
인공피부의
내구성 테스트

머리칼을 정돈하는 방

원모 처리실에서 탈색, 살균, 염색을 마친 머리칼은 이곳으로 옮겨 뒤섞은 후 거대한 침봉 같은 것으로 빗는다. 젊은 남자 직원이 머리털 뿌리 부분을 쥐고, 마치 탈곡하는 것처럼 몇 번이나 싹싹 침봉으로 빗는 것이다. 건조 때문에 파삭파삭해진 머리칼도 이렇게 빗으면 다시금 부드럽고 차분해진다. 요컨대 빗질의 이치다.

침봉 빗질을 하면 상당량의 머리칼이 빠져 바닥으로 떨어진다. 그걸 보고 있자니 나같이 궁상맞은 사람은 '아, 아깝다'란 생각이 드는데, 공장 사람들은 크게 신경쓰지 않는다. "이렇게 빗질을 하다보면 빠질 건 어차피 빠지는 법이고, 그걸 일일이 주워가며 선별하는 게 더 힘듭니다"라는데, 머리숱이 적어 고민하는 사람이 이런 광경을 보면 저도 모르게 한숨을 내쉴 것 같다. 여기에서 색깔이나 굵기를 고려해 분류된 머리칼이 인공피부와 함께 식모실로 운반되면, 드디어 가발을 만드는 공정으로 들어간다.

식모실

드디어 오늘의 메인 이벤트, 식모실이다. 마치 비행기 격납고처럼 널찍한 방에 200명 정도의 여공이 나란히 책상에 앉아 인

공피부에 머리칼을 심고 있다. 이런 방이 몇 군데나 더 있다. 일반 여공은 엷은 푸른빛이 감도는 흰옷에 삼각 수건을 쓰는데 반장은 핑크빛이 감도는 흰옷을 입고 있다. 한 반은 20명으로 편성돼 있으며, 그중 베테랑이 반장으로 상석에 책상 하나를 차지하고 앉아 작업을 관리한다. 문예지의 편집장 같은 느낌이다. 좌우지간 이 넓은 방 안에, 한 사람의 예외도 없이 여자만 가득하다.

하루키 미즈마루 씨, 이런 풍경 좋아하지 않습니까?

미즈마루 무라카미 군도 참 끈질기군, 후후후.

실내는 조용하고, BGM으로 엔카가 나지막이 흘러나오는데,

늘 이렇게 조용한 것인지는 잘 모르겠다. 젊은 여자들이 2, 300명이나 모여 앉아 하루종일 섬세한 수작업을 하고 있는데 조용할 수가 없지 않겠는가 싶기도 하다.

"얼마 전에 그이랑 드라이브하러 갔더니, 글쎄 나를 모텔로 데리고 들어가려고 하잖아. 그래서 스패너로 쇄골을 부러뜨려 주었지, 후후."

"잘했어, 나 같으면 집에서 소를 데리고 와 걷어차게 했을 거야, 후후."

보통 때는 이렇게 조잘대며 일할 텐데, 오늘은 도쿄에서 소설가와 일러스트레이터가 견학을 오니까 조용하게 일하라고 반장한테 언질을 받았는지도 모른다. 만약 그렇다면 정말 미안하게 됐다.

"흥, 뭐야. 반장이라고 거들먹거리고."

"그러게, 꼴값이야."

하지만 미즈마루 씨와 내게 식모하는 법을 가르쳐준 반장은 아주 예쁜 사람이었고, 가르치는 방식도 친절했다. 다만 내 솜씨가 너무 형편없었을 뿐입니다.

반장 보세요, 바늘이 이렇게 빼쪽하죠. 이걸로 식모를 하는데, 바늘을 이렇게 쥐고, 머리칼을 왼손 엄지손가락과 집게손가락으로 잡고, 이렇게 고리를 만들어서는, 여기로 이렇게 끌고 옵니다. 그리고 머리칼이 난 방향에 직각으로 바늘을 찌릅니다. 바늘을 0.4밀리미터 정도 올리고, 한 올 윗부분을 이렇게 고리 안에 넣고 회전시킵니다……

하루키 ……난 못 하겠으니까 미즈마루 씨에게 가르쳐주세요.

미즈마루 그러죠.

미즈마루 씨는 옛날에 원피스를 만들어 여자에게 선물한 적이 있다는 걸 자랑거리로 삼는 사람인만큼(정말 별짓도 다 한다) 솜씨가 제법이다. 몇 번 되풀이하는 사이에 요령을 터득했다.

미즈마루 재밌는데. 좀더 하고 싶은걸.

하루키 여기에 남아서 계속하는 게 어때요?

아무튼 이런 식으로 바늘로 머리칼 한 올 한 올을 인공피부에 심어나가는 작업을 3만 번, 5만 번 반복해야 제품이 완성되니까, 나 같은 사람은 상상만 해도 머리가 아파온다. 더구나 머리 부위에 따라 여섯 가지로 방식을 바꿔가며 심어야 한다고 하니, 정말이지 골치 아픈 작업이다. 이것만으로도 니가타의 여성들이 존경스러워진다.

—이 작업은 어느 정도 연습이 필요하죠?

반장 그렇죠, 석 달 정도의 연습기간을 거쳐야 이곳으로 옵니다.

—하루에 어느 정도 작업이 진척됩니까?

연구실에는 이런
여덟 개의 조항이 있습니다
이것은 아데랑스 연구개발팀의
행동 지침인 모양입니다

- 프로그레시브 (진취적으로)
- 인터내셔널 (국제적으로)
- 인텔리전트 (지적으로)
- 센서블 (감성적으로)
- 스피디 (기민하게)
- 플렉시블 (유연하게)
- 페어 (공정하게)
- 어니스트 (성실하게)

갖가지 식모 방법

명칭	기호	특징
브이식		가장 자연스럽게 머리칼이 서는 식모법
팬싱글		한 올은 누이고 한 올은 세우는 식모법
싱글		두 올을 누이는 식모법
싱글 팬싱글		머리칼에 볼륨감을 주는 방법
더블 싱글		모든 제품에 사용
팬더블		앞부분 네트에 사용

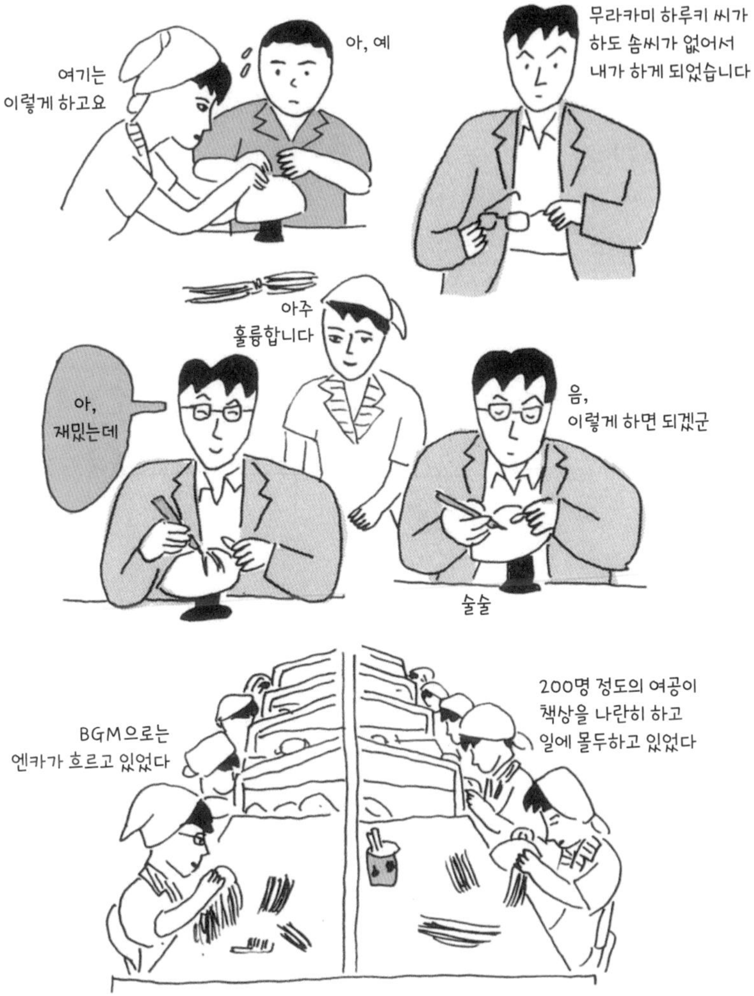

여기는
이렇게 하고요
아, 예
무라카미 하루키 씨가
하도 솜씨가 없어서
내가 하게 되었습니다
아주
훌륭합니다
아,
재밌는데
음,
이렇게 하면 되겠군
술술
BGM으로는
엔카가 흐르고 있었다
200명 정도의 여공이
책상을 나란히 하고
일에 몰두하고 있었다

반장 60에서 80평방센티미터 정도 될까요.

미즈마루 정말 재미있는데.

—미즈마루 씨는 진짜 열심히 하시네요. 그런데 지금껏 이 기술을 전혀 습득하지 못한 사람도 있나요?

반장 아니요, 그런 사람은 없었습니다. 다들 연습 기간 안에 숙달했죠. 손놀림이 빠르고 느리고의 차이는 있지만, 그에 맞는 제품을 할당해 납품 기일에 맞도록 조절하고 있습니다.

반장의 역할은 이곳으로 온 상담 기록을 기초로 머리칼 패턴을 그려, 그걸 반원에게 알맞게 할당하고 작업의 진행을 관할하는 것인 셈이다. 작업상의 일뿐만 아니라 반원들의 개인적인 상담에도 응한다고 하니까 여러 가지로 힘들 것 같다. "도모코 씨, 스패너로 애인의 쇄골을 부러뜨린 건 좀 너무하지 않았어"라든가, "아니, 게이코 씨, 소를 끌고 와 걷어차게 하는 것도 안 되지"라고 말이다.

—BGM으로 엔카가 흐르고 있는데, 이건 계속 틀어놓습니까?

스가이 아니요, 오전중에는 팝, 열한시가 되면 외국 록 음악, 세시부터는 엔카, 이렇게 정해져 있습니다. 각자 취향이 다양하니까요.

내가 반장에게 이런저런 별 볼일 없는 질문을 하는 사이에도, 여공들은 묵묵히 고개를 숙이고 작업에 몰두하고 있다. 재채기 소리 하나 들리지 않는다. 실은 소와 가죽구두 세일즈맨이 다리 위에서 만나……라는 우스운 농담을 커다란 목소리로 선보여 모두를 와하하하 웃게 만들 작정이었는데, 일에 방해될 것 같아 그만두었다. 그래도 정말 너무 조용하군요. 어째 교육감이 시찰 나온 초등학교 교실 같습니다. 그래도 여공들의 책상 위에는 작은 장식품 같은 것도 놓여 있어, 과연 젊은 여자들이구나 싶은 느낌이 든다. 방석이 제법 아기자기한 것도 귀염성이 있다.

하루키 미즈마루 씨, 슬슬 다음 단계로 넘어갈까요?

미즈마루 그렇군, 이거 계속하다간 끝이 없을 것 같아. 슬슬 가세나.

완성실

여기서는 식모를 끝낸 인공피부를 뒤집어서 다시 한번 코팅해 머리칼을 단단하게 고정시키고, 마지막으로 통기성을 높이기 위해 기계로 직경 0.5밀리미터의 구멍을 2천 개 내지 3천 개 뚫는다. 그리고 샴푸와 린스로 헹군 후 건조기에 넣어 말린다. 그런 다음 상담 기록과 대조하며 검품. 해외에서 식모한 제품도 모두 여기에서 검품을 한다. 검품이 끝난 제품은 다시 살짝 드라이를 하는데, 이 단계의 가발은 전부 풀어헤친 상태다. 〈바보 삼총사〉*에 나오는 버섯머리 아저씨와 같은 스타일인 거죠. 그것

완성실에서
샴푸와 린스로 헹구고
드라이어로 말린다

아데랑스 유명인

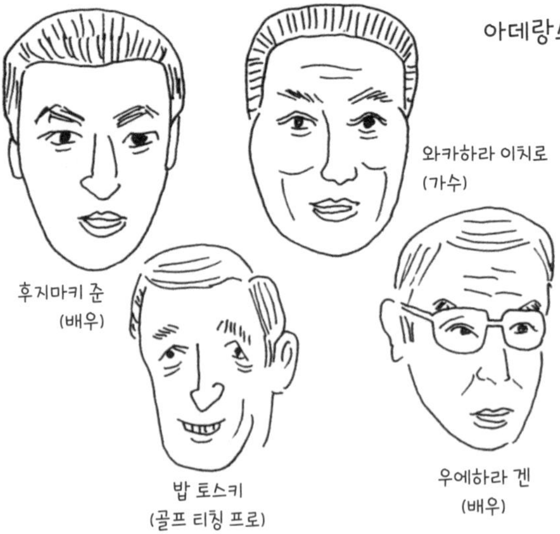
후지마키 준
(배우)
와카하라 이치로
(가수)
밥 토스키
(골프 티칭 프로)
우에하라 겐
(배우)

들을 발주된 지점으로 보내고, 각 지점에서 고객의 주문에 따라 아데랑스 전문 이발사가 가발을 손질하면, 드디어 모든 과정이 종결된다.

이렇게 손이 많이 가는 작업이니까 발주일로부터 한 달이라는 대기 기간은 어쩔 수 없을 것이다. 가격은 간단한 제품이면 20만 엔, 다섯 단계 증모법을 정확히 지킨 가발은 60만 엔 정도(1986년 현재)로, 이 가격을 비싸다고 생각하든 싸다고 생각하든 그건 당사자 마음이다. 가격은 머리칼의 양과 면적에 따라서도 다르고, 흰머리가 섞인 가발은 섞는 과정이 번거로우므로 요금이 추가된다. 그리고 앞에서도 말했듯이 가발의 수명은 사오 년. 관계없는 사람이 이런 말을 하면 약올리는 것처럼 들릴지 모르겠으나, 정말 머리숱이 적은 사람은 여러모로 돈이 많이 들어 힘들 것 같다.

아데랑스 관계자의 말에 따르면 대머리가 되는 원인의 70퍼센트는 유전이고, 이런 경우에는 노력을 하면 할수록 그만큼 헛수고라고 한다. 즉 처음부터 대머리가 될 운명을 안고 태어난 것이다. 당사자에게는 전혀 책임이 없다. 그러니까 눈이 나빠지면

---

* 1930~1940년대에 인기를 끌었던 미국의 코미디 단편영화.

안경을 쓰고 이가 빠지면 틀니를 하듯이 가발을 쓰면 됩니다, 라고 아데랑스의 홍보 담당자는 말한다. 머잖아 그런 세상이 올지도 모르고 그에 따라 아데랑스란 회사도 점점 발전할지 모르겠으나, 세상의 가발 이용자들이 모두 다른 사람 앞에서 "실은 저……" 하고 슬금슬금 아무렇지 않게 가발을 벗어던질 수 있게 되는 건 역시 좀 어렵지 않을까 하는 게 내 생각이다. 아데랑스의 성공 비결은 '머리숱이 적은 예민한 고객'의 그 예민한 심경을 정중하게 다룬 점에 있고, 아데랑스란 회사가 제아무리 밝고 명랑하게 처신하더라도 기업과 고객의 본질적 관계는 영원히 불변할 것이다.

따라서 아데랑스 공장에는 기업 비밀이란 게 일절 없다. 그들은 거리낌없이 "아무거나 보셔도 되고, 어떤 기사를 쓰셔도 상관없습니다"라고 말한다. "저희 기업 비밀은 요컨대 고객을 대하는 섬세한 서비스 동원력인데, 이 점은 다른 회사가 흉내낼 수 없죠."

돌아오는 신칸센 열차 안에서, 나는 이 기업이 무언가와 비슷하다는 생각을 줄곧 했다. 그렇다, 신흥종교 단체와 비슷하다. 청결하고 강력하고, 확고한 방침이 있고, 그리고 밝고, 사람들의 고뇌를 양식으로 삼아 발전하고 있다. 그리하여 우에하라 겐이나 와카하라 이치로나 후지마키 준이나 폴 앵카처럼 개종한 자들이 그리스도의 열두 제자처럼 텔레비전으로 아데랑스의 복음을 전파하고 있다. 사람들은 이런저런 이유로 불행해지기도 하고, 또 이런저런 이유로 행복해지기도 하는 것이다.

후기

안자이 미즈마루

1983년 12월, 나는 무라카미 하루키 씨와 함께 『코끼리 공장의 해피엔드』라는 책을 냈다.

"공장이란 참 흥미로워요."

"공장에 대한 책을 만들어보고 싶군."

언제부터인가 우리 두 사람은 이런 대화를 나누게 되었다.

그리고 1986년 1월, 드디어 우리의 공장 견학이 시작되었다.

여기서 얘기를 잠시 나의 과거로 되돌려보겠다.

나는 지금처럼 프리랜서 일러스트레이터가 되기 전, 광고대행사와 출판사에서 디자인 일을 했다. 광고대행사 시절에는 전기 회사나 주조 회사 등의 광고를 담당했다. 광고 제작을 위해 나는 그런 공장을 종종 견학했다. 그후 출판사에 다니던 시절에는 광고대행사 때보다 더 많은 공장을 견학했다. 어린이용 도감의 레이아웃을 맡았기 때문이다.

캐러멜 공장, 통조림 공장, 설탕 공장, 극장의 구조, 조선 공장, 예를 들자면 끝이 없다. 캐러멜 공장에서는 다다미 크기 정도의 낙타색 캐러멜이 컨베이어벨트를 타고 운반되었고, 통조림 공장에서는 조각조각으로 나뉜 고래가 역시 컨베이어벨트를 타고 운반되었다. 나는 그런 광경을 늘 조그만 노트에 메모 하고 스케치도 하며 돌아다녔다. 즉 어찌 보면 나는 공장 견학의 프로라고 할 수 있다. 그런 내가 무라카미 하루키 씨와 동행했으니, 이건 굉장한 사건이다.

첫 견학은 교토 후시미에 있는 인체모형을 만드는 공장이었다. 1월도 다 끝나가던 어느 날, 하늘은 무겁게 가라앉아 금방이라도 눈이 내릴 듯한 날씨였다. 견학이 끝나고 돌아오는 길에 차가운 비가 택시의 창문을 적셨다. 그날 본 것이 인체모형이었던 탓도 있어서, 어쩐지 침울한 하루였던 듯한 기분이 들었다. 그런 만큼 모형에 칠해진 선명한 색채는 지금도 내 머릿속에 선연하게 남아 있다.

두번째 견학은 기타마쓰도에 있는 결혼식장 다마히메 전. 만우절을 하루 앞둔 날이었다. 만우절 전날에 견학 허가를 해준 이유를 그럭저럭 이해할 수 있었다. 쓸데없는 생각인지 몰라도, 만

우절은 결혼식장이 덜 붐비는 날이라서인지도 모르겠다.

세번째 견학은 야마토 고리야마시에 있는 래빗 지우개 공장이었다. 어언 4월이 끝나가던 때라, 벚나무 잎이 부드러운 녹색을 띠고 바람에 살랑거렸다. 공장으로 향하는 차창 밖으로 고이노보리*도 보이고 주변 풍경은 아주 평온했다. 공장 안에는 납작하게 눌러놓은 찹쌀떡 같은 지우개가 산더미처럼 쌓여 있는 것이, 지금까지 견학한 공장 중에서 제일 공장다웠다.

계절은 장마철. 6월 22일, 우리는 네번째 공장 견학을 맞이했다. 모리오카에 있는 고이와이 농장으로 가기 위해 아침 일찍 우에노역에서 도호쿠 신칸센을 탔다.

비가 오지 않길 바랐는데, 평소에 베푼 선행 덕인지 하늘이 우리 편이 돼주었다. 마치 5월로 되돌아간 듯 상쾌하고 푸르른 하늘 덕분에, 고이와이 농장 견학은 무척 즐거웠다.

7월이 되었다.

이번에 견학한 공장은 그 유명한 콤데가르송의 봉제 공장이다. 장소는 도내 고토구의 모처. 주인 미야시타 씨는 매우 온화한 사람이었다. 베란다에서 자라는 토마토도 색깔이 먹음직스

---

* 어린아이들이 씩씩하고 건강하게 자라나라는 소원을 담아 단오절에 종이나 헝겊으로 만들어 깃대에 다는 도미 모양의 그림.

러웠다. 나는 이 공장이 어린 시절 몰래 숨어들던 누나의 방과 비슷하다고 느꼈다.

7월 30일은 무척 더운 날이었다. 어쩌면 그해 들어 가장 무더운 날이었는지도 모르겠다. 신오사카에서 무라카미 하루키 씨를 만나 이번에는 마쓰시타 전기의 CD 공장으로 향했다.

나는 기계에 대해 정말 아무것도 모른다. 무라카미 씨가 고개를 끄덕이면 그에 따라(정확히는 한 박자 늦게) 고개만 끄덕거렸다. 그러는 사이에 견학이 끝났다.

마지막 견학은 아데랑스 가발 공장. 우리는 니가타현 주조초에 있는 공장으로 갔다. 주조는 아주 깨끗한 동네였고 공장도 아름다운 풍경에 둘러싸여 있었다. 8월 말이었다. 견학을 끝내고 공장 6층에 있는 티 룸에서 커피를 마시고 있으려니 창밖으로 새빨간 저녁놀이 보였다. 하늘은 여름에서 가을로 바뀌어가고 있었다. 그리고 우리의 공장 견학도 모두 끝났다.

솔직히 말해, 나는 이번 공장 견학을 통해 많은 걸 배웠다. 동시에 많은 것이 혼란스러워진 듯한 기분도 든다. 완성된 책을 보고 그 헝클어진 부분을 반듯하게 바로잡고 싶다.

아무튼, 이 모든 공장을 흥미롭게 견학했다. 각 공장의 직원 여러분, 무척 고마웠습니다. 공장의 발전을 기원합니다.

공장 견학 스케치

결혼식장에서

인체모형 공장에서
(1986 1.30)

고무지우개 공장에서 (1986 4.25)

고이와이 농장에 있는
우시야마 씨의 선거 포스터 앞에서

고이와이 농장에서
(1986 6.22)

소와 이야기하는
무라카미 하루키

가발공장에서 (1986. 8. 20)

무라카미 하루키와 인연이 있는 동네
무라카미시를 방문해
무라카미 신문사 앞에서
(무라카미시와 무라카미 하루키 씨는
아무 관계도 없습니다 -미즈마루)

가발 공장 견학을 모두 끝내고
니가타의 사사가와 나가레 근처의
바다에서 놀았다

한적한
바다는
쓸쓸했다

옮긴이 **김난주**
일본문학 전문 번역가. 경희대학교 국문과를 졸업하고 동 대학원을 수료했다. 쇼와여자대학교에서 석사학위를 취득했고 이후 오쓰마여자대학교와 도쿄대학교에서 일본 근대문학을 연구했다. 옮긴 책으로 『냉정과 열정 사이』 『키친』 『창가의 토토』 『TV피플』 『소설가의 각오』 『천 년 동안에』 『겐지 이야기』 등이 있다.

문학동네 세계문학
해 뜨는 나라의 공장

1판 1쇄 2012년 7월 5일 | 1판 9쇄 2021년 7월 22일
2판 1쇄 2023년 5월 18일 | 2판 2쇄 2024년 9월 13일

지은이 무라카미 하루키 | 옮긴이 김난주
책임편집 양수현 | 편집 황문정 박아름 | 독자모니터 이원주
디자인 윤종윤 강혜림 | 저작권 박지영 형소진 최은진 오서영
마케팅 정민호 서지화 한민아 이민경 안남영 왕지경 정경주 김수인 김혜원 김하연 김예진
브랜딩 함유지 함근아 박민재 김희숙 이송이 박다솔 조다현 정승민 배진성
제작 강신은 김동욱 이순호 | 제작처 영신사

펴낸곳 (주)문학동네 | 펴낸이 김소영
출판등록 1993년 10월 22일 제2003-000045호
주소 10881 경기도 파주시 회동길 210
전자우편 editor@munhak.com | 대표전화 031) 955-8888 | 팩스 031) 955-8855
문의전화 031) 955-1927(마케팅) 031) 955-1917(편집)
문학동네카페 http://cafe.naver.com/mhdn
인스타그램 @munhakdongne | 트위터 @munhakdongne
북클럽문학동네 http://bookclubmunhak.com

ISBN 978-89-546-9269-4 04830
978-89-546-9265-6 (세트)

www.munhak.com